走路的云

用脚步丈量世界
品味生命

［新加坡］
尤今 著

深圳出版社

图书在版编目（CIP）数据

走路的云：用脚步丈量世界，品味生命 / （新加坡）尤今著. -- 深圳：深圳出版社，2014.6（2023.6重印）
（尤今小语系列）
ISBN 978-7-5507-1010-8

Ⅰ. ①走… Ⅱ. ①尤… Ⅲ. ①散文集－新加坡－现代
Ⅳ. ①I339.65

中国国家版本馆CIP数据核字(2023)第058631号

图字：19-2020-056号

本书中文简体字版由尤今授权深圳出版社有限责任公司在中国内地出版发行。该出版权受法律保护，未经书面同意，任何机构与个人不得以任何形式进行复制、转载。

走路的云：用脚步丈量世界，品味生命
ZOULU DE YUN: YONG JIAOBU ZHANGLIANG SHIJIE, PINWEI SHENGMING

出 品 人	聂雄前
责任编辑	许全军 林凌珠
责任校对	胡小跃
责任技编	梁立新
装帧设计	知行格致

出版发行	深圳出版社
地　　址	深圳市彩田南路海天综合大厦　（518033）
网　　址	www.htph.com.cn
订购电话	0755-83460239（邮购、团购）
设计制作	深圳市知行格致文化传播有限公司
印　　刷	深圳市汇亿丰印刷科技有限公司
开　　本	889mm×1194mm 1/32
印　　张	6.875
字　　数	150千字
版　　次	2014年6月第1版
印　　次	2023年6月第3次
定　　价	32.00元

一向以教书为乐的我，却在 2009 年向新加坡教育部递上辞呈，结束了长达 29 年的教学生涯。

原因，仅仅只有一个。

我向往那种随心所欲的日子。

然而，意想不到的是，无职一身轻的自由，在开始阶段，居然会化为压在心上的一块石头。

习惯了天泛鱼肚白便翻身起床冲向学府那种一成不变的生活，习惯了在家备课在校讲课那种分身乏术的生活；骤然得面对一下子涌来的那一大片空白，我有无所适从的茫然。

清晨起来，到人潮熙来攘往的菜市去，清清楚楚地流入耳中的，不是菜市的喧嚣，也不是市民的絮聒，而是学生清脆的读书声，而是同事爽朗的谈笑声。

啊，我竟然是个无业的闲人了。

这么想着时，淡淡的悲哀竟像一股冷冷的风，掠过了此刻空落落的心。

毕竟，长达 29 年那无形的桎梏，已在某种程度上将我定型了。我是水，工作的模子是方形的，挣脱了模子后，我原该流出一种不规则的美丽形态，可我却沉重而无奈地发现，没有了模子的约束，我竟然还是四四方方的那种形状。

我缅怀旧日的教学生涯，我喜欢与莘莘学子共处的感觉。

我想念那个套住我的模子，那是一个快乐的

模子。

然而，当我的心情渐渐沉淀出一片清净明澈时，我便惊讶且欢喜地发现，在无羁的自由里，我慢慢地变成了一朵云。

一朵轻盈的、浮在地上的云。

一朵会行走的云。

我得以完完全全地跟随心的感觉来过活。

我旅行，春夏秋冬，一年四季，爱去哪，便去哪。在离开工作岗位短短的一年里，我便把足迹印在古巴、海地、多米尼加共和国、牙买加、文莱、爱尔兰、叙利亚、黎巴嫩等国，又重游了台北、伦敦、澳门、广州、珠海等处。我心中还有许多地方想去、想看、要逛、要游，我明明白白而又欢欢喜喜地知道，任何地方，想去、想看、要逛、要游，已不再是痴人说梦了，我有大把大把的时间可供挥霍。

不旅行时，我重执教鞭；不过，教学的重点已经转移了。我和俯首甘为孺子牛的教师分享教学经验，我和热衷学习的莘莘学子分享创作心得。实际上，那是更接近我兴趣的教学范畴，那是更贴近我心灵的教学对象，那是更接近我理想的工作方式。

不出国也不教学时，我便闲闲地看书、勤勤地写作、乐乐地烹饪。我是书海里一尾悠然自得的鱼，我是文字网上一只孜孜不倦的蜘蛛，我是袅袅炊烟里翩跹飞舞的一只大蝴蝶。

我以云的心情和姿态来过日子。

看天，天更蓝；看水，水更绿。

我的心，是一望无垠的万里晴空。

而我，做了自己心的主人。

以《走路的云》为书名，正是我近年的心情映照和生活写照。

我就是一朵云，一朵会走路的云。

衷心感谢海天出版社，为我在中国推出"尤今小语"一套四部反映我人生哲学的小品文。

这四部作品是：《走路的云——用脚步丈量世界，品味生命》《把自己放进汤里——欢喜的豆花、抑郁的茄子》《倾听呼吸的声音——回首岁月，种一株快乐的树》《清风徐来——在门外挂串风铃，叮叮咚咚》。

一直相信，文字是最好的桥梁，它能让一颗颗陌生的心灵靠拢；而"尤今小语"，就是美丽坚实的精神桥梁。

谢谢深圳海天出版社的许全军先生和新加坡玲子传媒私人有限公司的林得楠先生，他们以最大的诚意，全力促成了"尤今小语"在中国的面世。

2014 年 1 月 1 日

目 录

这个普植松树的山坡，位于罗马尼亚中部。

经过了冬天的酣眠与春天的滋润，整个山林，都在生机蓬勃的盛夏里兴高采烈地活过来了。温润如玉的原野，绵延无尽，把清晨的阳光染成了鲜亮的绿色。那种绿，是如许年轻、如许活泼，充满了一种压抑不住的生命力，只要你侧耳倾听，便能听到蓄势待发的野草"噗噗噗噗"地破土而出的声音。啊，也许草原知道盛夏一过，世间万物便会在萧瑟的秋风里慢慢地衰竭，所以，倾尽全力，营造满地艳艳的绿意。

这天早上，草原不寂寞。

草原上，有几百头羊，四只牧羊狗，还有一个牧羊人。

狗看羊、羊吃草，而那牧羊人呢，挂着手杖，站在原野上，看狗、看羊、看天、看地。白白的云絮，倒映在他蓝蓝的眸子里，云朵和眸光，都荡着轻轻的笑意。仔细端详，但见他头戴羊皮帽子、身穿羊毛衣衫、足蹬羊皮靴子，全身上下，无一不羊。也许，在潜意识里，他早已把自己当成了群羊中的一分子吧？

日出日落，对于这个牧羊人来说，仅仅只是一个又一个日子无意识地重复，可是，由于他爱那羊，这种千篇一律的日子对于他便有了另一种全然不同的意义。

此刻，羊吃饱之后，在草原上随意走动，挂在它们颈项上那两个粗糙的铁罐子相互碰击而发出了清脆已极的声响，远远地听，好似满山的羊在发出快乐的笑声，这时，荡在牧羊人眼中的笑意，变得更深、更浓，也更温柔了……

在学校假期里，举家到西班牙去作为期三周的旅行。

在策划行程时，决定自行租车驾驶。

而这，竟是一项错误的决定。

出发之前，已通过网站与马德里某家汽车出租公司接洽好了，可是，那天到了马德里，该公司职员却表示五人座位的中型车子暂时没有，改租十人座位的面包车给我们。不知天高地厚的我，立刻喜形于色，点头叫好，心里想，面包车，宽敞又舒适哪！然而，日胜一听，当场拒绝，理由是西班牙道路狭窄，大车难驾。经过多番交涉，等了两三个小时，租车公司才勉强弄来了一辆七人座位的面包车。

当天晚上，我们决定到《孤独行星》（旅游指南）所推荐的一家餐馆去吃遐迩闻名的海鲜饭。

日胜翻看地图，儿子驾车。当日胜从地图中看到餐馆所在位置之后，慎重地建议："我们把车子停在路边，徒步上去吧！"

儿子立刻反对："有车子代步，干吗要走路！山路斜度大，走起来多吃力！"

日胜谆谆劝导："西班牙处处都是山路，过去，这些古老的石板路，都是为马车而设的，非常狭窄。我们车子大，转弯不便，万一卡在转弯处，上下不得，便有大麻烦了。"

儿子一脸的不以为然，反驳着说："车子

不能走，道路要来干吗？"

日胜耐心解释："小车当然没问题，车子大，问题也大。"

儿子使出了年轻人的撒手铜，说："您又没试过，怎么知道有问题？"

日胜没有再坚持了，淡淡应道："好，驾上去吧！"

路很陡，两边有石砌围栏，围栏外面，都是依山而建的屋子，每一幢都沾满了岁月沧桑的味儿。

开始的一段路，还挺宽敞的，儿子一脸嘚瑟地对懒于运动的我说道：

"妈妈，您看，我把您送到餐馆门口，不必您走半步路。"

然而，道路越高越陡，越陡越窄，车子几乎是挨着两边的围栏蚁行的。最惨的是，到了转弯处，儿子判断失误，车子一如日胜所预测的，卡住了。他满头大汗，尝试后退，结果，"砰"的一声，撞上了围栏，惊险万状，幸好车速极慢，力道不强，车子没有破栏而出，仅仅撞坏了车尾灯。

日胜赶紧与他易位而驾，费尽九牛二虎之力，才脱困而出。

事后，我问日胜："既然你事先已看到了危机，为什么还任由他把车子驾上去？"

他说："我已经警告过他，他依然坚持，我就刻意让他从错误中学习了。这样一来，当能促使他以后行事更为谨慎。"

果然，在长达三周的旅行里，这辆车子虽然让我们吃尽了苦头，但是，儿子却能处处听取他父亲的意见，从而避免了许多不必要的麻烦。

有时，让孩子犯错，是因为要使他们更成熟。

张爱玲在《非走不可的弯路》一文便有以下一段话：

"在人生的路上，有一条路每个人非走不可，那就是年轻时候的弯路。不摔跟头，不碰壁，不碰个头破血流，怎能炼出钢筋铁骨，怎能长大呢？"

魅力住宿

旅行时，最理想的下榻处是民宅。

当地人往往基于多种不同的因素而将家里空置的房间出租给游客。有者纯粹是想增加收入，改善生活；有者呢，则想为寂寞的年老岁月糅上一点瑰丽的色彩。

对于游客来说，入住民宅，当然是了解民情、结交朋友的最佳良机。每一幢不同的屋子，都蕴藏着不同的故事；而每一则故事，都能让人看到时代轮子碾过的岁月痕迹。

在二十世纪九十年代，连续几年到门户初开的东欧去旅行，在捷克、波兰、匈牙利、前南斯拉夫等地，住的都是民宅。联系的方式很简单，游客只要向当地旅游促进局设在火车站或长途公共汽车站的办事处查询，他们便会出示一本登记册子，游客们可以根据各人的要求选择适合自己居住条件的落脚处。虽是民宅，然而，受官方管制，当然也就十分安全了。另有一种方式，则充满了冒险的色彩。当地百姓们麇集在火车站与汽车站，看到游客便蜂拥而上，各自用三寸不烂之舌，大肆游说；有者索性化身为姜太公，把地址和收费写在大大的牌子上，高高地举着，愿者上钩。

我们就这样由一个城市到另一个城市，住了一家又一家。许多时候，我们也和屋主共进晚餐，这样一来，下榻处也就有了家的感觉、家的味道。在匈牙利，有一回与一位寡妇同住，她天天熬汤，熬汤时，好似有一尾鲜活的大鱼在水里"噗噗噗"地吐着气泡，充满了活泼的生气，当满锅活力归于平静时，满屋便氤氲着让人魂牵梦萦的香气。多年以来，这一缕香气始终萦绕在我的记忆里。那个时期的匈牙利，经济萧条，可是，家里熬着这样的汤，是能安抚人心的。在前南斯拉夫，最是惊险。每天回返下榻处，总听到屋主与亲戚朋友热切地谈论着箭在弦上的内战，不断有人劝我提早离开，后来，我改了行程，安然飞返家门。一周后，前南斯拉夫内战爆发，机场全面封锁。

今年六月，我偕同家人到法国去旅行。下榻民宅，居然成了此行的一大魅力。英籍作者 Alastair Sawday 专为喜欢入住民宅的游客编撰了多部别开生面的著作 *Special Places to Stay*，这些国家包括：法国、英国、西班牙、意大利、希腊等。为了给游客提供永不脱节的最新资料，版本每年更新。

就以法国那部《法国民宅住宿指南》来说吧，作者在篇首便开门见山地指出：下榻法国民宅，能让你真正地体验法国风味；奇特的住宿，能给你带来奇特的经验。法国各地都散布着历史悠久的古屋，作者以简洁的语言，扼要地作了生动的描绘；他不但画龙点睛地介绍了各幢古屋的特色，有时，也对屋主的待客方式作了有趣的描述，比如说："屋主喜欢宠物，她很乐意与您分享养猫养狗的美好经验。"

书中附有每一幢屋子的彩色图片，读者能从准确无误的资料里预知一切详情，例如："拥有 400 年历史的大庄园，有五间古色古香的双人房出租，每间房都有迥然而异的设计，能让你体验古老的法国风情，每间房收费 120 欧元。"有时，有充满了诗意的描绘："房里，雕梁画栋，架上书籍成排，书香缭绕。屋外，鸭子在池上浮游，牛在吃草，微风轻轻拂过树梢，樱桃变成杯里绚丽的酒。"

在法国旅游期间，我们凭着 Alastair Sawday 的《法国民宅住宿指南》，入住了许多结合了奇特建筑风味与历史沧桑的古宅，平添了无限旅游趣味。

在 Alastair Sawday 编著的《法国民宅住宿指南》一书里，是如此形容法国小镇的这所民宅的：

"坐落于 Juilley Town 的这幢大房子，拥有 250 年的悠久历史，庄园极大，绿意泛滥。主人詹士马鲁，幽默机智，为人热诚亲切。入居于此，肯定能让你宾至如归。他出租给游客的房间，是由古老的马厩改建的，面积宽敞，设备现代化，可住四人，房租 95 欧元（约合新币 206 元）。"

我们按图寻骥，没费多少功夫，便寻着了。

一名男士，戴着一顶阔边草帽，在屋前的草地上，站得笔直。车门一开，他便脱下帽子，弯腰鞠躬，露出了一张满溢笑意的脸，声音洪亮地说道："欢迎，欢迎！"我诧异万分地看到他身畔的一条狗和一只猫亲昵地依偎在一起，他笑嘻嘻地说道："它们呀，原是隔世宿仇，可是，经过我训练后，却变成了今生知己。"我好奇地追问："你是怎么训练的呀？"他一本正经地应道："它们一打架，我便罚它们站。你要知道，猫狗以双腿来站立，是很累的呀，罚过几次，它们便相敬如宾了！"一番诙谐的"开场白"，逗得大家乐不可支，在欢愉的笑声里，彼此的距离，缩短为零。

庄园很大，鸟声啁啾，充满了乡野气息。嫩绿和苍绿，深深浅浅、远远近近，像一组组美丽的音符，在大地谱成了一阕阕盛夏的乐曲。风，柔柔的，夹带着清凉的草香，软软地拂着人的脸，令人心旷神怡。

然而，当我们把行李安顿在房间里时，却遗憾地发现，那间由马厩改建的房间，虽然极为宽敞，设备也很齐全，但我却隐隐地闻到了一股马的臊味。日胜说我心理作祟，马厩既已改建多年，怎么还会残存臊味？一想也是，忍不住笑了起来。仔细观察后，发现造致房间空气混浊的"罪魁祸首"是通风系统不好。

庄园里，栽种着成排苹果树、杏树、樱桃树。詹士马鲁得意扬扬地说道："全都是我亲手种的，果子成熟了，我便用来做果酱。"第二天早上，果然在餐桌上看到了色泽鲜丽的各式果酱。詹士马鲁还自行酿制苹果酒哪！以四分之三的苹果汁和四分之一的白兰地烈酒为原料，再经过一些繁复的制作程序，酿成了颜色澄亮的新饮料。浓熟的果香当中带着一点薄薄的涩味，醇甘的韵味在喉咙里温柔而又慵懒地散开、散开，后劲颇强。酒势化成了一只蜘蛛，在身体之内恣意伸展指爪，勾起了无限悲欢夹杂的绵长回忆……嗳，大清早呢，竟然成了一个微醺的人。这一天，在早餐桌上以苹果酒配搭多样化的法式面包大快朵颐，确实是个新奇的经验。

詹士马鲁这名浑身充满活力的男子，年已七旬。他不愿溺毙于暮年那桶寂寞的水里，所以，刻意把生活的格子填得满满满满的。除了忙于自家事务外，他还常常把酿制好的果酱拿到星期天市集去，将售卖所得的款项捐给慈善机构。

他说：

"我实在太忙了呀，每天总得忙到子夜十二时才上床，凌晨一时又得起身，继续再忙。"

我张大了嘴，正想发出惊叹时，才发现差点又误陷他"语言的陷阱"了！

嘿嘿！

这个快乐的男人，是我旅途上一抹很瑰丽的色彩。

一个懂得以笑声来装点生活的人，往往是一个岁月的魔爪也无法恣意伤害的人。

有机牛

在法国的小城 Villeprouve，我们下榻于一个大农庄，农庄主人克里斯多夫是以养牛为生的。

个子瘦小而蓄着八字须的克里斯多夫，原本是兽医，改行养牛后，将他的医学常识全都转移到照顾牛只上。他告诉我们，他所饲养的，不是普通的牛，而是"有机牛"。

所谓的"有机牛"，就和"有机菜"一样，是受到特别照顾的。更明确地说，牛只从出世的第一天开始，克里斯多夫便密切地注意它们的生长状况，在生活和饮食上，处处给予它们特殊的照料。

"有机牛"每天所吃的草，是克里斯多夫特地选择的上佳品种细心栽种的，长成的草，颜色青翠，好似溶化一地的绿玉，十分美丽。

克里斯多夫笑嘻嘻地说：

"这些草，不含任何化学肥料，又嫩又软，清甜多汁，有时，看到它们吃得津津有味的样子，我也想加入蛋黄酱拌一盘来尝尝哪！"

克里斯多夫刻意把牛栏建在农场风光最为优美的地带，远处有山，近处有湖，以美丽的湖光山色来陶冶"有机牛"的性灵。克里斯多夫绝不以任何强迫性的方式来增加"有机牛"的食欲，一切都顺应自然，而他认为，好山好水便是"有机牛"的"开胃剂"了。

"有机牛"性情温驯，易养好带，然而，

由于它们平日备受呵护，抵抗力自然不若其他粗生粗长的牛只来得强，有时，遭病菌侵袭，短短一两日便"四蹄朝天，含恨而逝"了。因此，身为兽医的克里斯多夫，每日都得细心地为他所畜养的每一头牛做至少三次的身体检查，以确保它们健康状况良好。

除此之外，克里斯多夫也小心防范牛只近亲繁殖，他解释说：

"人类如果近亲通婚会影响智力的发展，牛只近亲繁殖则会使肉质变得粗糙不堪。"

"有机牛"通常养上三年便得送去宰杀了，因为这个时期的肉质是最柔、最嫩、最好、最可口的。克里斯多夫表示：凡是尝过"有机牛肉"的人，都心服口服地跷起拇指大赞"有机牛"是"牛中极品"，它的肉具有雪花般的特质，入口即化；吞咽后，余香绕舌，历久不散。

克里斯多夫无比自豪地透露：由于口碑极好，法国好些政要在尝过之后，还向他直接订购，成了他的长期顾客！

让我至为遗憾的是，现在不是宰杀"有机牛"的适当时机，我也因此错失了品尝"有机牛"的大好良机，真有"入宝山而空手归"的感觉。

克里斯多夫为他的每一头"有机牛"都拍摄了照片存档，最为有趣的是，所有的照片都是从"有机牛"背后的角度拍摄的，"有机牛"又肥又大的臀部因此便成了每张照片的"焦点"。

对此，克里斯多夫解释道：

"有机牛最好吃的部分，就是臀部肉（rump）。许多肉店的买主无法老远地跑来我的农庄亲自挑选牛只，我因此便把照片带过去给他们看，让他们从中挑选符合心意的！"

啊，"有机牛"至死也不知道，让它们走上不归路的，竟是那个结实圆大的臀！

血迹斑斑的『史书』

那是一个萧瑟的冬天，我到日本去。

在感受了东京的繁华、京都的古典、大阪的热闹、福冈的雅丽之后，我来到了广岛，而一踏上这块历尽磨难的土地，一颗心，立刻变成了将雨的天空，阴霾、灰暗、沉重。

在广岛博物院，观看了有关原子弹爆炸的纪录片，一个昌盛繁荣的城市，顷刻间被夷为平地；一个笑声处处的乐土，霎时间化作鬼哭狼嚎的地狱；一个活力奔放、人气充盈的地方，骤然间血肉横飞、尸首遍地。有关方面特地保留了原子弹爆炸后留下的建筑残骸，任人凭吊，让人深思。它就是活的教材，血的明证，比任何反战的宣言或是反战的示威更具说服力。残骸附近，设立了和平纪念碑，上面有一行字，清清楚楚地写着："地下之灵，请安息吧，我们再也不会犯上同样的错误了。"

事实上，这场浩劫，还未画上永远的句号，它祸延下一代，原爆遗症，迄今还没有治愈的方法。

在一个热得连树叶也淌汗的夏季里，我到波兰去。

风尘仆仆地赶到波兰南部的奥斯威辛（Oswiecim）集中营去。这是第二次世界大战期间由纳粹德国所设立的。在短短几年间，数以万计的生命在这里被种种骇人听闻的方式消灭了——他们在毒气室被毒死、在靶场上被打

走路的云
用脚步丈量世界，品味生命

死、在医疗试验室内被活活地解剖而死。死者遗下的眼镜、梳子、牙刷、面盆、尿壶，在展示橱里堆积得好似山一样高。一副眼镜一个冢、一把梳子一个坟，多少刻骨的辛酸、多少椎心的悲恸、多少一生一世流不完的眼泪呵！展示橱里另外一件令人毛骨悚然的"展览品"是蠕动着无数生命的"人发布匹"——集中营的战俘在处决之前被剃光头发，管理员利用这些头发来织成韧性特强的布。这布，是战争的祭品。仔细审视，附在丝丝缕缕头发上的、粘在一寸一寸布料上的，全都是冤死的魂魄呵！

昔日这所恶名昭彰的集中营，如今成了呈现战争罪证的博物院。每一件展示品、每一则说明文字，都清清楚楚地揭示了战争的残酷与罪恶，都明明白白地展示了战争的可怖与狰狞。

历史，是一部活的教科书，原以为读过这部血迹斑斑的"史书"之后，人类可以变得更慎重、更明智；然而，现在，看到一场又一场在世界各地为了各种各样的原因而掀起的大大小小无止尽的战争，我迷茫而又迷惑：难道说，前人的血，竟是白流的吗？

油菜花

命运可以对我们不公平，但是，我们不必因此而长成一朵「苦情花」啊！

眩晕。

我因迷醉而眩晕。

此刻，站在苏格兰乡间的一条小路上，两旁，铺天盖地的油菜花，蔚成了波澜壮阔的奇异景观，那种汹涌澎湃的艳黄色呵，得意非凡地展示着花团锦簇的春意。微风过处，蓬蓬勃勃的花瓣微微地颤动着，像是满天快活飞舞的小蝴蝶。

大地寂静无声，可是，我却奇妙地听到了悦耳的喧嚣。啊，平生第一次，我惊喜地发现，原来，颜色竟然也能如此热热烈烈地发出声音的。

油菜花易栽、易长，农人只要在田里随意撒上油菜籽，不需要什么特别的照顾，它便自自在在地长得丰丰硕硕。很多时候，油菜籽也会随着风势四处飞落，落在哪儿，便长在哪儿，借助阳光和雨水，长出让人惊叹的茂盛。

现在，浸在浩瀚无边的花海里，我眼前不由得浮起了玛格烈那张爽朗的笑脸。这位自喻为"油菜花"的女人，怡然自得地对我说道：

"我嘛，随遇而安，就像油菜花一样，活得安恬自在。"

玛格烈年过六旬，个子很高、肩膀很宽，大手大脚，配着国字形脸，看起来四平八稳的，就像是一根顶天立地的石柱子。

我们到苏格兰旅行时，下榻于她家里。

她一大清早便起身，为我们准备丰富的早餐：麦片、牛奶、咖啡、煎蛋、香肠、火腿、熏肉、茄汁豆，把我们喂得脑满肠肥。早餐过后，换上端庄的套装，又戴上漂亮的帽子，驾着车子出门，购物、会友。打扫屋子的工作，就交给雇佣的人去做了。

出门前，她体贴地问我们："今晚，想吃什么呢？"我笑嘻嘻地回答："除了羊肉和人肉之外，我什么都吃。"她笑了起来，说："嘿，人肉啊，我也不吃。"说着，挥挥手："你们好好玩啊，今晚见！"

晚餐做了蔬菜沙拉、蘑菇汤、烘烤牛排、奶酪蛋糕，尝着美食，喝着美酒，倍感幸福。

饱餐之后，大家坐在厅里聊天。

她的两个孩子在大学毕业后，到其他城市去谋生，偌大的屋子，就剩下她和感情弥笃的老伴相濡以沫。两人正如鱼得水地安享晚年之际，平地一声雷，老伴罹患末期肝癌，不足一个月，便撒手尘寰了。一个活生生的人竟然好像露珠碰上阳光一样快如闪电地销声匿迹，她觉得自己跌落在一个漫漫无边的黑色噩梦里，几经挣扎，周遭还是黑黢黢的。痛定思痛，她深切地了解，当噩运像陨石般砸在头上时，呼天抢地、捶胸顿足，通通都于事无补；只有平静地面对它、豁然地接受它，才是自救之道。于是，她收拾心情，重新策划自己的人生。

她把屋子改为民宿，将三间空房出租给游客，借此和来自世界各国的人打交道，刻意为生活的格子填上缤纷的色彩。

我夸她坚强、赞她乐观，她微笑着说：

"你看那些油菜花，每天不也兴高采烈地欣欣向荣吗？做人，就是要像油菜花呀！"

啊，兴高采烈的油菜花，多美丽的形容词呵！

让我深觉有趣的是，同样是油菜花，但是，不同的人对它却有着截然不同的诠释。

在台湾著名作家廖辉英的眼里，油菜花是一个"悲剧角色"。她那部轰动文坛而后被改编成电影的小说《油麻菜籽》，便是以油菜花来比喻台湾旧时代那些弱势的传统女性。她在小说中指出：油麻菜籽是完全没有自我的，它的命运，由风势主导，风吹到哪里，油菜籽就在哪里落地生根；这就好像那些必须恪守"三从四德"的传统女性，全然没有掌握自己命运的能力，悲也好，苦也罢，都得独自吞咽，默默忍受。

然而，就我个人认为，油麻菜籽对自己的生长地固然没有"决定权"，可是，它一旦落地，长出来的，并不是一亩亩苦涩，而是满地亮丽的璀璨，迎向风势的，是千个万个欢欢喜喜的笑靥；此外，它还能结出可以榨取油液的累累角果，那么，我们可不可以理解成这是油菜花对命运的一种积极和乐观的反击？

命运可以对我们不公平，但是，我们不必因此而长成一朵"苦情花"啊！

潜能，就好像是深藏于巨石里的良玉，如果独具慧眼的母亲能『看到』巨石里隐隐闪出的绿光；美玉便能破石而出，绽放万丈光芒。

　　肉可食，毛可编织，皮可制革——原本以为全天下的绵羊都是一样的，然而，参观了爱尔兰的"绵羊中心"后，才知道绵羊和人一样，也有着不同的潜能、个性和特长。

　　"绵羊中心"的员工保尔德以风趣幽默的语调对来自 21 个国家品种不同的绵羊进行了详尽的介绍。

　　"爱尔兰绵羊，特别有礼貌。"说着，他以手杖在地上轻轻一点，那头绵羊，居然深深地向下鞠了一躬，在众人的大笑声中，保尔德补充道："这类绵羊，天生聪颖，是极少数能接受训练的绵羊品种之一。"

　　法国绵羊，发育极快，能在短短的 15 周内长出丰满的肉以供食用，它肉质柔嫩，用来烹煮小羊扒，特别可口。中东国家的绵羊，毛厚、硬、粗、韧，用以编织地毯，最为理想。苏格兰绵羊，毛茂密柔软，编织成毛衣，温暖如阳光。智利绵羊，羊毛柔滑，雨打不湿，渔夫最爱。英格兰绵羊，毛色亮丽、富有光泽，是绵织品中的极品。荷兰绵羊全年都可繁殖（一般绵羊只在九月至次年一月之间交配），肉嫩、毛丰，是上好品种。新西兰绵羊，羊角参差雄美，可制成标本，当作摆设品。丹麦绵羊，羊毛又柔又长，编织成被子盖在身上，连梦也缤纷。巴基斯坦绵羊，无毛，主要是食其肉。等等等等，不胜枚举。

最后，保尔德指着一只看起来蠢头蠢脑的绵羊，说："这个品种的羊，肉和毛，都欠佳；除了会繁殖以外，一无所长。"有人问："羊种来自哪个国家呢？"保尔德耸耸肩，答道："不能说！"又故作夸张地吐了吐舌头，补充道："一旦说了，可能会被那个国家告得倾家荡产哪，我可不愿承担这样的法律责任！"

众人捧腹大笑。

绵羊愚蠢，不是它的错；而羊脑灵敏、羊肉柔嫩、羊毛美丽，通通都和基因有密切的关系。后天饲养的方式再好，也无法改变先天的基因。饲养绵羊的人，只能顺着它的基因，好好发展并妥善地利用它的长处。

羊是如此，人也一样。

非常喜欢最近在电视上播映的一则广告："看到"。

当一个蹒跚学步的孩童出现于画面时，旁白是："别人看到跌跌撞撞，她看到自由体操。"当画面出现一个孩子在水中游泳时，旁白是："别人看到狗刨式，她看到决心。"广告所要传达的信息是：细心的母亲，能够及早看到孩子在运动上的潜能而精心地予以栽培。

潜能，就好像是深藏于巨石里的良玉，如果独具慧眼的母亲能"看到"巨石里隐隐闪出的绿光，美玉便能破石而出，绽放万丈光芒；然而，母亲如果看不到，那块上好美玉，也许便会白白地被糟蹋了！

成也萧何，败也萧何。

与此同时，另一种"看到"，也非常非常重要。

母亲，应该"看到"孩子先天不足之处，不要硬硬地逼孩子成龙成凤，硬逼的结果，可能会让他惨惨地走上黄泉路！

想想看，你怎么能逼一块珊瑚变翡翠，你又怎么能逼一块矿石变钻石呢？母亲应该"看到"，价值连城的翡翠和钻石固然光芒四射，然而，细致柔润的珊瑚和粗犷野气的矿石也有别具一格的美呀！

狗与羊

在爱尔兰的一个牧场，观赏了一场精彩绝伦的表演。

草原很阔很大，娇艳的绿色像潮水般无边无际地漫延到天地的尽头。驯狗师毕黎丹把几十头羊从羊圈里放出来，羊儿闻到嫩草那清新的香味儿，便三三两两地伫立在草地上，欢天喜地地吃了起来。

这时，毕黎丹领了两只牧羊犬出来，羊儿全都警觉地抬起头来，圆圆的羊眼，闪出了惊恐之色。他吹了一声哨子，牧羊犬便朝羊群跑了过去。那一大群羊，立刻没命地朝同一个方向奔逃，逃到远方一个绿草茂密的地方时，毕黎丹喊道："坐！"两只牧羊犬立刻言听计从地坐了下来。我站在毕黎丹身畔，忍不住惊叹出声："那么远，牧羊犬居然听得到您所发出的命令！"毕黎丹应道："狗的听觉，比人类足足好上七倍呢！"等羊儿以自助餐的方式喂饱了肚子，毕黎丹又用不同的节奏吹了几声哨子，两头牧羊犬立刻站了起来，一前一后地朝羊群跑去，羊群吃惊，群起而奔，牧羊犬像两名神气的大将军，一只领前、一只殿后，有条不紊地把这一大群羊赶回来。毕黎丹早就把羊圈的小门打开了，这时，羊群便快快乐乐而又安安全全地回家了，一只也不缺。

毕黎丹娓娓说道：

"对于畜牧人家来说，牧羊犬是无价之宝。

羊儿自诞生后的两个月开始，便跟随母羊到平原或高山上吃草，而驱羊上山下地，便是牧羊犬的责任。牧羊犬在经过特殊的训练后，不但听得懂简单的语言，也能服从哨子声所传递的命令。"

牧羊犬在四个月大时，便得开始接受特殊的训练了。毕黎丹指出，在狗儿任何既定习惯养成之前进行训练，那么，牧羊的工作就会自自然然地变成它潜在意识和生活习惯的一部分；如果等它个性形成之后再训练，就宛如在扭曲它的本性，事倍功半。

"牧羊犬到了一岁半时，随着心智的成熟，我便会把训练的层次慢慢提高，然而，不是每只狗都有接受高难度训练的意愿和积极性。"毕黎丹说："实际上，狗就和人一样，每一只狗的习性、爱好和天分各有不同。我对此特别有感悟，因为小时我的父母老是希望把我培养成医生，可我对医学一点儿兴趣也没有，我只对动物有兴趣，为此，我可挨了不少的斥骂和责打。基于我本身所吃过的苦头，一旦发现狗儿没有接受深化训练的意愿，我绝对不会勉强它。"

初级训练包括六大口令的理解与服从，这六大口令是：坐、跑、领前、殿后、左转、右转；深化训练则包括：聆听与分辨变化有致的哨子声，跟随蕴含在哨子声里的命令而行事。

毕黎丹说毕，再次把两只牧羊犬领来，将羊儿从羊圈里放出来，为我们再表演一次。

在毕黎丹的口令与口哨声下，牧羊犬不折不扣地变成了傀儡，坐、跑、领前、殿后、左转、右转，一点也没误差地履行看羊、赶羊的责任。

毕黎丹解释着说：

"这种牧羊犬，样子凶狼，像足了狼，可是不具攻击性，不会对羊造成任何的伤害。羊呢，天生怕狼，它们误以为在后面追赶它们的，是要扑杀它们的野狼，所以，吓得没命地奔跑……"

噫，这狗，狐假虎威；这羊，草木皆兵。

此刻，像狼的狗狠狠地在追赶着一群怕狼的羊，杯弓蛇影的羊，发足狠劲失魂也似的奔逃……

表面上，这是牧场一场"狗与羊"的表演；实际上，我深切地感觉，我看到的其实是人生职场里日日上演的"剧目"，真实得令人心惊。

在爱尔兰首都都柏林（Dublin），下榻于民居。我提着沉重的行李爬上楼去，正气喘不已时，屋主却笑嘻嘻地说道：

"喝杯黑啤酒吧，喝了立刻精神抖擞，力大无穷！"

啊，黑啤酒！我会心地微笑。有人说，黑啤酒文化，是爱尔兰人最大的骄傲，此言果然不虚啊！

对黑啤酒最早的认识与记忆，全然来自婆母。

婆母待人热诚，有客上门，总是大鱼大肉；然而，她待己极俭，一日三餐，都是粗茶淡饭。生活里最大的奢侈，便是在饭后慢慢啜饮一杯黑啤酒，她笑称这是营养丰富的"黑牛奶"，是滋味特佳的上好"补药"。我曾好奇地就着杯沿尝了几口，滞留于味蕾的，除了苦，便是涩；那时，很年轻，不知道"苦"原来也能化为一种缠绵舌尖的甘味。也许是长期饮用黑啤酒的关系吧，婆母年届七十，依然能够身手敏捷地爬上自家的果树采摘果子。

在爱尔兰人心目中，黑啤酒就是"力量与力道"的泉源，他们认为男士喝黑啤酒能焕发魅力十足的男人气概，而黑啤酒也能帮助产妇、病人和输血者快速恢复元气。

有"黑啤酒之都"美誉的都柏林，在夏天里，风情无限。多如过江之鲫的小酒吧、大酒肆，总挤满了衣冠楚楚的都市男女。他们手上捧着比夜还要黑的饮料，谈笑风生，许多蜚短流长的谣言、虚实难辨的绯闻，就在浓郁的酒香里，沸沸扬扬、生生不息地传播开来了；他们宛若酒杯里起起灭灭的小泡沫，给人们的生活带来了一些小小的涟漪和活力。

爱尔兰所生产的黑啤酒不计其数，其中建厂于 1759 年而今成为誉满世界大品牌的，当数吉尼斯黑啤酒（Guinness Stout）了。虽然这仅仅是爱尔兰的一个商品，然而，今天，吉尼斯黑啤酒展览馆（Guinness Storehouse）却已成了都柏林的一个地方标志、一个游客不可不访的旅游景点；而该品牌的黑啤酒也在多达 50 余个国家酿造生产，销往世界 150 余个国家。

吉尼斯黑啤酒固然有着那种让它扬名四海出类拔萃的好品质，然而，坦白地说，"吉尼斯"这三个字，对于它的"征服世界"，却是功不可没的。

远在 1951 年，在爱尔兰的一次狩猎聚会里，吉尼斯黑啤酒的董事休比威尔爵士连发数枪也无法击中飞过的那只鸟，他惊叹着说这应该是世界上飞行最快的鸟了，可是其他人却不同意，一番唇枪舌剑后，大家翻查百科全书却依然找不到答案。休比威尔爵士灵机一动，决定由吉尼斯黑啤酒公司出版一部《世界纪录大全》，广泛收集、小心认证，就运动、科学、商业、建筑、自然界等项目有关世界纪录的资讯，提供权威性的答案。休比威尔爵士认为这样的一部书，能让人们在开怀畅饮之际，助长谈兴；谈兴一起，酒量也增，两者之间能形成良性循环。万万没有想到，这书一出版便造成了轰动，行销全球。从此之后，吉尼斯黑啤酒便与魅力无穷的"吉尼斯纪录"紧密地联系在一起了。迄今，许多人还想方设法创造各种奇特的纪录以便"名留青史"呢！

吉尼斯黑啤酒展览馆是由一幢具有百年历史的大楼改建而成的，楼高七层，在宏伟当中透着古雅。坐在可俯瞰全市风光的顶层大楼，我捧着一大杯黑啤酒，慢慢啜饮。

黑啤酒的黑，不是那种往死里去的黑，它黑得有光泽、有层次、有光彩，犹如溶化了的黑宝石，在浓浓的大黑里若隐若现地透出了一丝丝一点点金色的亮光，美得十分含蓄。

在隔了许多年后的今日，重新品尝味蕾曾经抗拒过的黑啤酒，却发现"风景依旧、感觉迥异"。它仍是苦，然而，不是把灵魂也能熬炼成黄连的那种苦，反之，它像液状苦瓜，有内涵、有深度、有变化。当黑啤酒源源不断地流经味蕾时，留下的，是淡淡的苦味，可奇怪的是，隔不多久，这苦，便峰回路转地化成了醇甘的喉韵，那一点温柔的涩味，无可避免地勾出了半世的悲与欢、哀与乐……

在尝过了人生百味的今日，我终于接受了满溢沧桑味儿的黑啤酒。

在阿尔巴尼亚（Albania）首都地拉那（Tirana），有好几家中餐馆。

最喜欢光顾"中国上海"餐馆，小笼包、锅贴、炸酱面、卤牛肉，都做得很地道，完全没有"橘逾淮变枳"的败相。餐馆生意并不很好，每回去，都只看到稀稀落落的两三桌人。我想，这和老板在异乡异国坚持正宗口味也许是有着莫大关系的。

那晚，在滂沱大雨中，我再次来到这家门可罗雀的餐馆。老板坐在一隅，兴味盎然地用一本图文并茂的故事书教导一名约莫八九岁的孩子学习中文。

看到我们，他高兴地趋前招呼："今天，鲈鱼很新鲜，来条清蒸鲈鱼吧？"我高兴地应："好哇！"他又说："再配个京酱肉丝和煎饺子，好吗？"我点头："行！"

等待上菜的当儿，老板告诉我们，他来自温州，到阿尔巴尼亚打拼，已近十年。选择了首都地拉那作为落脚发展的地方，是因为这儿民风淳朴，治安良好。他一心想把中国细致而又繁复的饮食文化带到异国来，遗憾的是，许多阿尔巴尼亚人目前还停留在嗜食春卷、炒饭和甜酸肉的层次上。

"目前，我只靠熟客维持收支平衡；但是，我相信，这个局面，总有一天会改变的。"说着，兀自点了点头："我在等。"

坚持与等待，是要付出代价的。他的代价便是和妻子长期两地分离。他的妻子，在邻国希腊经营服装批发，收入不错。

他自嘲地说："我目前是靠妻子的收入来过活哪！"

在我们交谈着时，那名胖胖的小男孩，专注地把方块字慢慢地填进方格子里，一笔一画、一勾一撇，写出了一种图画的美丽。中文在目前的阿尔巴尼亚，全无实际用途（学校只让学生学习阿尔巴尼亚文和英文），一般孩子也许会把课余的中文学习当成苦差，可眼前这个小男孩，却学得很起劲。

对此，老板侃侃地说道：

"要孩子学习语文，尤其是学习与现实利益挂不上钩的语文，最重要的是不要给他任何压力，更不能让他产生惧怕的感觉。我常常对他说：孩子，别怕，很容易的，慢慢学。每天晚上，我都给他讲好听的故事，从而激发他学习的兴趣。每次，我只教十个词，在讲故事的过程里，不断地强调、不停地重复这十个词；换言之，我在教导的同时，也刻意巩固他的记忆。教完之后，每个词只让他写十遍。我不让他多写，是因为我不要他怕；再说，如果真的用心去写，十遍也就够了。"顿了顿，又说："学习，不能让孩子怕，一旦他怕了，什么方法都没用了。"

我注意到，他在叙述的过程中，一再强调"怕"这个字眼。

我感同身受。新加坡许多孩子学不好中文，病源也许正在于"怕"。

当周遭的人，甚至整个社会，都一而再、再而三地强调"华文难学"，试问：孩子在这种小环境加上大环境的压力下，能不怕吗？一怕，心里便有了障碍，教师纵有浑身解数、满心热诚，也不能硬生生地把牛头按下去喝水，更不能异想天开地拉牛上树啊！

阿尔巴尼亚这华籍老板，经营的虽然是饮食生意，但却深谙学习心理。

此刻，他的孩子正意兴勃勃地在本子上写着刚刚学会的十个词，端端正正，一丝不苟。

他从旁打气：

"孩子，别怕，慢慢写！"

短短三句话，却蕴含着深刻的学习哲理。的确，只有让孩子先除去"怕"这重压力，我们才能把"快乐"的元素注入学习生涯里，从而为语言学习带来蓬勃的生机！

那天，在西班牙一个风光明媚的小城塞哥维亚（Segovia），天空是一片容不下半点忧愁的澄净，好风如水，丛丛被阳光照得透亮的叶子，犹如翠绿的琉璃。

我坐在露天茶座里，意趣盎然地看街上这里那里涌出的行人，像竹笋破土般展现出生命蓬勃的活力。这时，憋了半天的日胜，终于迟迟疑疑地开口了："嗯，刚才接到家里发来的短信，说月珠已经去世了。"眼前斑斓的景物突然淡出了，路上的行人像河里的鲫鱼，从身边无声地流走，而落在身上的阳光，也变得冰冷冰冷的。我瞪着他，很凶很凶地问："你讲什么？"他又说："月珠去世了。"这时，我清清楚楚地听到了发自五脏六腑的凄厉长啸，那种感觉，像遭斧砍、如被火烙，于是，在异乡的小城里、在众目睽睽之下，我难以压抑地放声恸哭。

这一天，是 2006 年 6 月 18 日。

5 月尾，这个犹如铁人般的好友因腹痛不止而从香港匆匆返国就医，医生诊断为急性盲肠炎，动过手术后，躺在床上，精神奕奕地与我谈天说地，原以为不久可出院，没有想到节外生枝，晴天霹雳地被验出罹患胃癌。我和好友秀娥、美德于 6 月 1 日赶去看她，大家强抑悲伤，刻意说笑。虽知绝症来袭，她却比想象中更为坚强乐观。看到她整洁的仪容，我们笑谑地说她一定是夜半起身以发卷弄出满头鬈发，她微笑应道："才不呢，只要两天不洗头，头发便美美地卷起来了。"又说："出院后，做客家酿豆腐给你们吃。"

我接着便出国旅行了，心里想：回来后，得多聚聚。万万难料，才短短 18 天，竟成永诀。

月珠姓黄，在外冠以夫姓，大家惯以"Mrs. Olive Lee"称呼她，熟人叫她"Ah Lee"。我在国家图书馆目录部门工作时，她是我的直属上司。她工作时，不要命似的勤奋，后来升任图书分馆的馆长，先后以独特创意把红山与裕廊图书分馆布置得美轮美奂，又想出许多新点子吸引如潮读者，是个"拼命三娘"。工余之暇，绝不亏待自己，享受生活不遗余力，园艺、缝纫、编织、烹饪，样样通，样样精。我觉得她像是童话里跳出来的一个人物，有一回听到别人叫她"Ah Lee"时，灵机一动，便把她幻化为"天方夜谭"里那个机灵的人物"阿里巴巴"，没有想到这一叫便叫了许多年，而且，取代了她的名字，成了旧雨新知熟知的"绰号"，即连她自己，人前人后也自称是"阿里巴巴"。

52 岁那年，她忽然宣布退休。此后 10 年，她积极参与慈善活动，是狮子会的中坚分子；间中亦东飞西飞，周游列国，玩得不亦乐乎。

玩够了，有一天，突然拨电话予我，说她接受邀请，出任南洋艺术学院图书馆馆长一职，这时，她已年过六旬了。热火朝天地干了几年后，又为自己的"二度退休"积极铺路，加入了某个美容与保健集团，把生活的格子填得满满的。每回见她，总是信心十足，神采飞扬。

去年生日，她送我一只名家设计的杯子，我不舍得用，摆设在书房，她笑道："有了美丽的杯子，喝水的心情才倍加美丽呀！

摆着不用，不是辜负了它吗？"讲究生活情趣的她，就是如此地将美学和现实生活结合得天衣无缝的。

前年，命运之神给了她一个极为沉重的打击：她挚爱的老伴，猝然因脑溢血而辞世。老友们轮流拥抱她，尝试化解她心中极深极重的伤与痛。她很努力地站起来，钻研厨艺，煮出了连名家也自叹弗如的美味佳肴，请一班老友上她布置雅致的家，由傍晚六点开始，菜一道一道地上，大家一直一直吃，到了众人抚着即将爆炸的肚子高喊受不了时，看看钟，已是子夜十二时许了。当时，大家只顾着大谈大吃大笑，全然忽略了一手包揽炊事的她吃得极少，说得更少。现在回想，丧偶之痛其实已经在她的内心挖出了一个无法治愈的伤口，里面满满都是腐蚀性的绝望，在她的胃部生癌之前，她的心已长满了癌的细胞。

在悲思难抑之际，接到好友秀娥发来的短信："我们只能这么想：她不再痛苦了，在天上与她丈夫团聚了！"

好好安息，阿里巴巴。

仙人掌

这株仙人掌，极端温柔地伫立于墨西哥市的公园里。

绿色的手掌上，被刀子刮出了许多颗甜甜蜜蜜的心，每一颗心，都密密实实地裹着一双情侣的名字。许多份缠绵悱恻的恋情，便这样毫无遮拦地暴露于光天化日之下。

我心动，也心悸。

当恋情达到了白热化的阶段时，情侣把"生死与共"的誓言狠狠地嵌进了仙人掌的血脉中。仙人掌在闪闪的刀光下默默地忍受一次又一次痛彻心扉的凌迟，然后，胸襟宽大地让情侣的恋情随着它的形体一寸一寸地长成风情万种的绚烂。这时，每一道或深或浅的刀痕，都是动人心弦的回忆，也都是山盟海誓的见证。

然而，世事无绝对，有朝一日，当一心以为天长地久的爱情出其不意地成了过眼云烟时，负伤累累的仙人掌，立刻叫人心悸地变得萎靡不堪——刻进血脉里的深情，原来仅仅只是不堪一击的薄情，那么，刀刃下的痛苦，竟然都是白白熬受的！

在阿根廷南部城市乌斯怀亚 (Ushuaia)，驾租来的车子，去看冰川。

风，不知道发了什么狠劲，狂乱地吹，直直的树，被吹弯了腰，细细的叶子，像披散的头发，满天飞扬。正在吃力地蜗行的车子，突然出其不意地陷入了软软的泥坑里，绝望地抽搐了几下，便死火了。

风在空空的山谷里发出了令人心慌的呼啸，周遭人影全无。我和日胜吃力地搬动粗重的石头、拗折粗大的树枝，垫在车轮底下，再发动车子，然而，引擎好似一头饥饿的老虎，徒劳无功地对着山谷发出一无是用的"吼叫"，车子寸步不移。

心，好似坠入了冰川里，冷得打颤。

就在呼天而天不应的当儿，有三名衣冠楚楚的彪形大汉突然冒现，都是游客，看见身陷困境的我们，二话不说，当即挽起袖子、抬车、推车，三张脸，全因吃力而憋得通红。一次不行，再试、又试，虽然天冻地寒，三人却汗如雨下。

绵软无力却又固执无比的车子，在大家毫不气馁的一推再推之下，终于脱离了泥坑，爬上了车道。

那三个人，脸泛笑意，潇洒地朝我们扬扬手，走了。

他们是我们人生道路的"及时雨"。承受了这"雨"的我们，把"雨量"储存起来，在其他的旱季里，施予他人。

战争后遗症

1991 年到智利去旅行，下榻于寻常百姓家。这户人家，厅里摆了一张巨型照片，是个脸容俊美的青年。与客舍主人相处得极好，一夜，她主动把蕴藏在照片里的故事告诉我。他是她的儿子，多年前在战事中失踪。其他几个孩子顺利长大成人，纷纷在国外找到很好的立足点，一直要把年迈的她接去安享天年，可是，她执意不肯，孤身只影地守着一幢老屋子。她以一种历尽伤痛而仍然痛楚的语调说道："我是个固执的母亲，我一直坚信他会回来。回来的，也许不是他的肉身，而是他的灵魂。如果我移居国外，那么，他回来后，该上哪儿找我呢？所以，我至死也不会离开这幢老屋的。"

死者长逝，生者长痛。那种痛，是一生一世慢性的凌迟——它就像是一个锐利的钩子，狠狠地将人的心勾走了，只剩下一个血肉模糊的大窟窿，活得像具行尸走肉，� 刃口偏偏又时时刻刻在淌血。复原永无望，却又不得不勉强自己活下去。这种无药可医的"战争后遗症"，普遍存在于所有曾受战争摧残的国度里。

三年前，到老挝北部城市丰沙湾（Phonsavan）去，得以见识了另一种形式的"战争后遗症"。在战火频仍的六七十年代里，有不计其数的地雷、小炸弹、集束炸弹、集束燃烧弹等投入那儿，战争结束后，这许多尚未爆开的爆炸物，成了一道道无情的"催命符"，屡屡残酷地夺取人命，迄今为止，当地居民和外来游客因为误触地雷而伤亡的事件，每年都会发生好几十宗！

实际上，世界上多个曾受战火蹂躏的国家，至今依然面对着同样的困境——几年前，一位年轻的美国工程师到柬埔寨去旅行，被地雷炸掉了双腿，大好前途毁于一旦，回国后，写了文章，一字一泪地控诉了"战争后遗症"的可怕。

表面上"阳光普照"的日本，其实亦有个阴暗的角落在默默承受"战争后遗症"所带来的深刻痛苦。那是广岛。在广岛博物院，观看了有关原子弹爆炸的纪录片，一个繁荣发展的地方，顷刻间被夷为平地；一个欢笑处处的乐土，刹那间成为鬼哭狼嚎的地狱；一个充满生命力的地方，骤然间血肉横飞，尸首遍地。可怕的是：这场浩劫还延续到下一代，许多体内吸了原子尘的广岛人，恒远有个梦魇——老是担心血液里潜存的化学因子可能祸延下一代而诞下畸形胎儿。原爆遗症，至今还没有治愈的方法。

九月十一日，惊骇欲绝地在电视上看到恐怖分子疯狂侵袭纽约，当双子塔在一片火海中颓然倒下时，那人间地狱似的画面，不期而然地与广岛被炸成灰烬的场景在我脑子里惊悚万分地相互交叠。两场浩劫，性质截然不同，然而，却同样牺牲了成千上万无辜的百姓，还挖空了不计其数的心。无尽的仇恨，已化成怒火，将胸腔里的窟窿填得满满的，接下来，世界处处都将是毁灭性的火光，冤冤相报，没完没了。

地球，疯了。

雕

一走进墨西哥这条古老的大街，全身的血液，便加速了流动。满街都是晶亮的月光，月光底下，露天咖啡座栉比鳞次一字形摆开，咖啡座底下，坐满了笑语晏晏的人，流动乐队在奏乐，音符满街乱窜。

街上，有一对男女在疯狂地跳舞，围观者都不约而同地把目光集中在那女人身上。她穿了一袭很红很红的大圆裙，跳着很热很热的舞，众人喝彩、众人鼓掌，她也舞得更投入、更快活了。一双柔若无骨的手，化为两条服了迷魂药的蛇；一对劲道十足的脚，变作疾风里的柳条，狂扭、狂动。全无规律可言，偏又花样百出，叫人目不暇接，叹为观止。

曲终时，她来了一个大旋转，圆圆的红裙，撑得开开的，像盛夏里绽放得极绚烂的一朵莲。莲在火中自焚，熊熊烈焰几乎把众人的眼睛灼伤了。

"火势"全然静止时，我望向她，蓦地发怔。

啊……那是一张被纵横皱纹切割得七零八落的脸，好似有一百岁呢。这老妪笑意荡漾的脸，是记忆里永远的美丽。

岁月残酷地在她脸上留痕，可是，她却以一颗恒远不老的心把日子雕成一朵璀璨的花！

在匈牙利的首都布达佩斯的游乐场里，我悲喜交集地驻足。啊，童年时代令我醉心、讨我欢心、使我动心的旋转木马，正跨越了时空的变化，天真烂漫地在这人生地不熟的异乡异国里快快活活地转着、转着……上上下下、下下上上，由东而西、由南而北，转转转、转转转，转成了一个完整的圆满。木马给孩子带来了眩晕颠簸的刺激；而孩子清脆的笑声又给家长带来了难言的满足。孩子享受着自己的童年，而家长却享受着孩子的童真。岁月悠悠地老去了，然而，旋转木马却永远也老不去。在东方社会中，它永远存在；在西方世界里，它亦是永垂不朽的。更明确地说，我们长长的一生，都在木马上旋转。当木马上升时，我们被捧上了高高的云端，得到如雷掌声、听到如潮欢呼；当木马下降时，我们却被无情地推入深不见底的枯井里，犹如穿心乱箭的大小石块，毫不留情地飞打而下，往往将人陷入"万劫不复"的境地。那些能够劫后余生而迅速康复的人，通常都因为身畔有人拿着以亲情铸造的盾牌默默地守护着他——实际上，这个守护神，远在我们童年坐木马时，便已清楚地在我们身畔现形了！

趣谈猴事

　　小时看马戏，爱煞小猴子，喜欢它那种充满灵性的俏皮。它是马戏团里的"甘草演员"，爱模仿、善模仿，往往又模仿得惟肖惟妙，经常一出场便能博得满堂笑声。

　　成长之后，开始旅行。

　　在世界不同的角落，猴子有着截然不同的命运。

　　墨西哥小城卡特马科（Catemaco）附近，有个遐迩闻名的"猴子岛"，猴子惊人地多，而且，活泼得不像话。为了使猴子能够安心地生活，有关当局明文规定：禁捕猴子、禁食猴肉。我坐在船上，看那盈盈立在水中央的猴子岛，简直看傻了眼，嘿，这活脱脱就是吴承恩笔下的花果山嘛！泥地上、石头上、大树上，这里那里，都是神气活现的猴子，即连树枝，也被群猴沉沉地压弯了。我将一把花生丢过去，力道不足，花生落进水里，只听得"扑通、扑通"，一连几声，几条黑影飞窜入水，泅近船边，三两下子便扫走了落在水面的花生。哟，从来也不曾见过泳术如此精湛而身手如此敏捷的猴子！在一个备受"尊重"的安全环境里，这群得天独厚的猴子，活得逍遥自在，潇洒风流。

　　在亚马孙丛林，猴子面对的，却是另一种截然不同的命运。

　　我与土著同住在一所简陋不堪的茅屋里，

有瘦瘦的猴子拴在细细的木柱上，也许知道自己大限将至，一双猴目，怏怏的，没神没气；一对肩膀，垂垂的，没精打采。到了傍晚，几声凄厉的惨叫过后，炊烟生，香气溢，那只命运不济的猴子，已变成了锅里热气腾腾的猴肉了。不过，这还不是猴子最糟的境况，过去，有些地方还惨绝人寰地活吃猴脑哪！

猴子面临厄运，不能单单归咎于环境不佳——行走江湖而不苦练护身绝技，捕猴者一来，当然只能束手就擒而任人摆布了！

少年时读《西游记》，曾为孙悟空这美猴王"神魂颠倒"。有一次，老师在班上问起学生心目中的偶像，在那师尊至上的年头里，贴着"乖乖牌子"的同学们，都一板一眼地答是岳飞是司马光是孔子是华盛顿是爱迪生是……我呢，老老实实地答道："孙悟空"。全班哄堂大笑，老师认为我故意捣乱，罚我站。我万分委屈地站着，根本不知道自己到底哪儿冒犯了高高在上的老师。

崇拜孙悟空，因为它有七十二种"撒手锏"，谁也收服不了它，谁也对付不了它。成长之后，才恍然明白，《西游记》其实是一部成人的童话。那七十二变，有个美丽的称号："随心所欲"。要练成这门功夫，首先必须先修炼一门"淡功"——看淡世俗的功名利禄、看淡俗世的是非成败，专心一致地把自己范围以内的事情做好，倾尽全力地让自己所做的事发光发亮，然后，有一天，你蓦然发现，你已在不知不觉间，练成了孙悟空的独门功夫：一切的一切，都"随心所欲"，而你，快乐，十分地快乐，因为你"随心所欲"地活得实实在在、充充实实。

孔雀

在澳大利亚动物园的草地上看到那只孔雀时，惊艳。

温柔的夕阳落在嫩绿的草地上，溶化为液状的金子，整个大地，熠熠地闪着一种谧静而又奢华的光彩。

那只顾盼自如的孔雀，便盈盈地立在草地中央。

璀璨的尾屏，顾盼自如地撑成一个完满的半圆形，晶光灿烂、气韵生动；既有武则天睥睨天下的夺人气势，又有杨贵妃小鸟依人的万种风情。

美丽，是它的本钱，也是它的武器。

在充分地展示着天赋的本钱时，它为自己赢取了整个世界的赞誉，也为自己谋取了舒适无比的优渥生活。

在中国某间餐馆外面的樊笼里看到那只孔雀时，惊悸。

紧紧合着的尾巴长长地拖在身体后面，邋邋遢遢、累累赘赘，像陈旧残破的扫帚。

它垂头丧气，好似一个等待枪决的囚犯，神情颓败、落寞、萎靡、猥琐。

纵是天生丽质，然而，在"美丽不能当饭吃"的餐馆里，它英雄无用武之地。任何时候，只要食客随意一指，它立刻便会沦为锅中肉、盘中餐。

原本风华绝代而又傲气凌人的孔雀，在这

一刻，痛彻骨髓地领悟到：在面临死亡的噩运时，美丽，原来只是一副毫无作用的空壳。

凿子

　　新西兰这冰川，面积惊人地大，凝结了千万年的冰块，幽幽地闪着阴沉诡谲的淡蓝色。我蹲在冰川上，渺小如蚁。在这冬末春初的节令里，每一寸空气，都是一把匕首，从四方八面肆无忌惮地攻击我。我蹲着、想着，痛楚的泪水，沿颊而下。那一年，我三十岁，在生命中碰到当时认为难以承受的一些痛苦，整颗心，辣辣地痛，于是，在这阒无一人的冰川上、在这寒气逼人的冰川上、在这麻木不仁的冰川上，我尽情地哭、哭、哭。詹静静地站在冰川的另一头，任我流泪任我发泄，他高高的身影，落在冰川上，像一把长长的凿子。啊，凿子。这时，我曾经读过的一则短文突然出其不意地飘进了脑际。一个男子，因犯了刑事罪而被判入狱；两年后出狱，一直摆不脱自己是刑事犯的阴影而悒悒寡欢、萎靡不振。一日，他的妻子忽然对他说道："你被判的，其实是终生徒刑，因为你一直走不出那个自设的黑暗牢房。"啊，我不也一样吗？凝在我心上的冰川，顽固、坚实、厚、大，如果我不设法用理智的凿子来击破它，那么，今后的岁月，也许都是以冰铸成的。那天，走出了冰川，我徜徉在春意初露的湖畔，湖水温柔而又安静，像一首撩人的短歌。就在这刹那之间，我生出了觉悟：冰川和湖泊，都只是人生的风景站，不论你愿意与否，你都不能常驻或常离，就算你行

走路的云
用脚步丈量世界，品味生命

旅匆匆地赶上江南的春，也不能与春常驻啊！于是，这一刻，在未干的泪痕里，我拿起了那把"无形的凿子"，一下一下地凿碎心房里的冰川……

沙漠玫瑰

突尼斯人相信，在撒哈拉大沙漠底下很深很深的那个地方，住着一些小精灵。它们静静地潜藏着，猛猛地吸纳"地气"，六亲不认、心无旁骛地修炼功力。

然后，它们凝聚千年功力于十指，以四两拨千斤的手法，雕那块块长眠于地底下的巨岩。

雕雕雕，雕雕雕，粗重笨拙而又木讷无情的巨石，居然不可思议地化成了一朵一朵栩栩如生而又千娇百媚的玫瑰。

将突尼斯人在沙漠挖出的石质玫瑰捧在掌心里看，惊叹于它的鬼斧神工。

明明是坚不可摧的石头，体现出来的却是叫人心惊、心悸、心动、心折的万种柔情。那花瓣，好似着了魔一样的快活，层层、叠叠、簇簇、蓬蓬，狂烈而奔放、丰盈而饱满地绽放着，不顾一切地展示着它不守本分的艳丽。

大自然，其实是借这匠心独具的沙漠玫瑰来告诉世人一些极耐咀嚼的道理。

钢铁意志能衍生无穷力量，化腐朽为神奇。

是无意间在摩洛哥一间专卖皮货的商店里看到它的。

它缩在一隅，颜色黯淡，风尘满布，好似已经历了几个世纪的沧桑。

店主拎起它，殷殷地说："如假包换的骆驼皮哪！用它一辈子也坏不了！"

人生的道路走了一大段，执意想要的东西已不多，可是，这皮包，初次邂逅，便有了"众里寻他千百度，蓦然回首，那人却在灯火阑珊处"的感觉。

在那看似疲惫的骆驼皮里，藏着一个曾经跋涉千里、看尽世情的魂，那种"曾经沧海难为水"的深沉魅力，直捣心窝。

定定地望着它，心跳难抑。

店主见我不说话，以为我嫌旧，取出一碗橄榄油，用棉花蘸了，慢慢地涂抹，口中喃喃地说："上了油，便有精神了。"

眼前这头死去多年的"骆驼"，贪婪地吮吸润滑的油脂，晶莹透亮的油，细细渗透、速速扩散，然后，它缓缓地复活了，发光、发亮，以最佳、最美、最满足也最快乐的心情，让等候多年而终于出现的伯乐，将它千里迢迢地领回家去。

狮与猫

在南非，一进入野生动物保护区，便看到处处竖立着警告游客的牌子：

"小心，切勿下车，危险！"

红色的大字，像是无声的呐喊。

纵是如此，游客下车而被动物侵袭的意外事件，依然层出不穷。

讶异于游客的愚昧固执，然而，当我身历其境后，却明白了个中妙不可言的道理。

寻访狮踪那天，晴空万里。来到丛林深处群狮麇集处，正是一派"微风轻拂、树影婆娑"的大好风光。七八头狮子，有雌有雄：雄狮目光柔和，样子温驯；雌狮眉眼含笑，神态慵懒。旭日和狮毛所散发的光芒，交织成一张金色的大网，浪漫旖旎地罩在恬静的大地上。

整个画面，温馨、和谐、美丽、安详。

在这种令人安心的"假象"里，许多游客，便忘我地跳下车去，趋近群狮，嬉之戏之，冤哉枉哉地丢失了性命。

狮永远是狮，凶残、跋扈、霸道、无仁。

受假象迷惑者，把它看成猫而伸手狎玩，祸害自取，与狮无尤。

在摩洛哥的闹市看到装扮古怪的卖水人，忍俊不禁。帽子，是以染色的羊毛织成的，帽檐牵牵绊绊地垂下许多长短不一的流苏；袍子，辣椒似的红，刺目而又惹目；身上累累赘赘地挂满了铜质圆碗，叮叮当当地吊满了金属铃子；每迈出一步，声音乱响、色彩乱闪，有一种花团锦簇般的热闹。他是非洲土著柏柏尔人，放弃了在简陋农村养羊养牛的传统谋生方式，改而到繁华的大城来当卖水人。他将高山奔流下来的泉水装在一只鼓鼓胀胀的羊皮囊中。据说这只羊皮囊是柏柏尔人以特殊的手艺制造而成的，它既能保暖又能保寒，而且，它亦能确保水质的清甜。眼前这名柏柏尔人，也许是将他家里最心爱的那头羊杀了，做成皮囊，伴他入城寻求生计。当他跌跌撞撞地追着游客兜售泉水时，水在羊皮囊里晃荡晃荡地响，传入他耳中，就犹如小羊咩咩地叫着吧？有时，游客不肯光顾，卖水人显得急躁而又焦躁，追呀追的、说呀说的、缠呀缠的，游客不堪其扰，勉为其难地停下脚步，这时，柏柏尔人大喜过望，快手快脚地从身上"摘"下一只碗，拔出羊皮囊的塞子，态度卑下地弯腰倒水；这时，"形体不在而魂魄犹存"的小羊儿，看到主人在城市里委曲求全地典当自我的尊严以求糊口，清澈而悲凉的眼泪，遂汩汩地从羊皮囊狭窄的瓶口流了出来、流了出来……

老鼠屎

那一回，在非洲肯尼亚乘搭内陆飞机。

一上飞机，便开卷有益地沉浸于书香里，詹也全神贯注地展读他的财经杂志。那架飞机十分陈旧，飞行时，整个机舱都在抖动，抖抖抖、抖抖抖，好似患上了"骨痛溢血症"呢。我笑嘻嘻地对詹说："哇，免费按摩呀！"飞行了约莫半个小时后，但觉飞机抖得越来越厉害，仿佛飞机的零件正一组一组掉落了；就在这时，扩音器里突然传来了空中小姐的声音："请乘客系好安全带……"话还没有说完，飞机便因为强烈气流的大冲击而大幅度向下跌落（或者，在空中翻筋斗？），我的心，一下子沉沉地坠落到谷底去了，机舱里的男女乘客，齐齐尖声叫嚷，一张张脸，全都变得死灰死灰的。此刻，死亡狰狞的阴影，正以迅雷不及掩耳的速度当头罩了下来。

不可思议的是，正当整个机舱满满地盛着惊慌惊悚惊悸惊骇时，詹却"风雨不动安如山"地继续展读他的杂志，即连眉头也不皱一下！

等飞机内外的动乱终于好像一场噩梦一样成了过去而一切恢复宁静时，我问他："哎，你怎么一点也不怕？"他看了我一眼，淡淡地应道："当人为的力量改变不了既成的事实时，怕有何用呢？"

啊，一语惊醒梦中人。是的，惧怕，不但

于事无补，有时，还会成为白粥里的一粒老鼠屎。**临危不乱，成败由天**。在个人的力量发挥不出任何作用时，恬静地听候命运的安排；而当事情有些许的转机时，沉着的镇定便是有利的因素，能帮助你在周遭一片歇斯底里的混乱里逃出生天。

骆驼

在摩洛哥的土著村庄里，看柏柏尔人以传统古老的方式榨取橄榄油。圆圆的磨子，既大而又沉重，推磨的骆驼，双眼被布条紧紧地捆着，不知天高地厚地推着磨子，一圈又一圈地走着、走着，鞠躬尽瘁地磨出了一公升又一公升清澈纯净的橄榄油。柏柏尔人向我解释：将骆驼双眼蒙住，主要是让它产生一种跋涉千里的"成就感"，这样的错觉，能够很好地挑起它的斗志与士气，使它长期持续不断地工作下去；倘若让它睁着双眼，夜以继日地在原地踏步，恐怕要不了多久，它便会因发闷而发疯了。

啊，明明是百年不变周而复始地重复同一段短短的路程，偏偏自欺欺人地以为沿途风光日日新日日变无限绮丽无限壮阔，而最最悲伤的是：盗铃者的双耳是被其他别有居心的人所掩的，它永永远远也没有发现真相的机会；或者说，为了自我满足、为了自我膨胀，它自己亦永世不愿发掘和发现真相。

时时自我告诫：在创作的天地里，永远不要在蒙眼骆驼的身上看到自己的影子。

那一朵野菇，出奇地大、出奇地白、出奇地圆，孤芳自赏而又洁身自爱地长在肯尼亚广袤荒漠的土地上，好似从地底深处冒出的一把小圆伞，刻意为随兴出游的土地公遮阳挡雨的。

同时把臂出游的五六名旅者，围在野菇旁边，啧啧称奇。有个饥肠辘辘的人，忽然食欲大发，拟出烹煮野菇的几种方式。众人随声附和，正谈得兴高采烈时，忽然有人大煞风景地插口说道："这种野菇，也许有毒呢！"于是，谈论的焦点，又转移到"野菇是否可食"这个问题上。这时，一直保持缄默的美裔女子凯德琳，忽然开口说道："野菇白白嫩嫩、柔柔软软，当然可吃、好吃，可是，吃进肚子以后，你用胃来消化它，它呢，却用整个的生命来消化你的生命。"

短短几句话，令人幡然醒悟而又悚然而惊。

是的是的，在人生的道路上，明明白白地占着别人便宜的人，在沾沾自喜的欢愉中，嘴角的笑意还未消退，也许便得付出此生难料的惨重代价了。**表面的赢家，是实际的输家。**想一想那种惨烈的结果，得饶人处且饶人，再说，退一步海阔天空嘛！

逃

有足足好几天的时间，我住在猛兽处处的南非野生动物园。每回出游，向导总是循循善诱："万一在丛林里碰上老虎，要保存性命，伫立不动是最好的方法。当老虎觉得你对它没有任何威胁时，往往会静静地走开。"

人不犯我，我不犯人。老虎，居然也懂得"井水不犯河水"的道理，真可说是"兽亦有道"了。

在学校里，教及《武松打老虎》这一课时，顺便把我默记于心的这个常识灌输给学生，万万没有想到，才把话说完，学生便哄堂大笑，有些性子活泼的，边笑边说："老师呀老师，您一定是嫌我们太顽皮，才教我们这个笨法子，希望我们静静站着被老虎吃掉！"

潜意识中的恐惧心理和逃避心态，使一般人在碰上猛兽时的第一反应是"转身飞逃"，然而，他们却都忽略了：人腿两根、兽足四条，就算你跑得再快，也是难逃死劫的。

在漫长的一生当中，我们会遇到许多比老虎更凶、更猛、更危险的考验，逃它、避它，它会来得更频繁、袭击得更猛烈，最后，逃不了、避不掉，在四起的楚歌当中自行崩溃。

把危险当考验，泰山崩于前而色不变，沉着地面对、冷静地应付，才是人生的大勇者、大智者。

那夜，到宏茂桥联络所去听蔡澜以"吃喝玩乐"为题的演讲。在精彩万分的答客问中，蔡澜以他对待人生一贯潇洒的态度，通过一则一则出人意表的答复，体现了他独特有趣的人生哲学。

其中印象最深的一段话是：

"有些人，出国旅行，偏偏跟自己过不去，不论上哪儿玩、吃什么食物，总是嫌这嫌那、怨天怨地、骂东骂西。对于这些人来说，我的劝告是：自己掘一个大洞，藏身在内算了，还出国干什么！"（大意如此）

这话，虽然率直得近乎泼辣，然而，却是泼辣得痛快淋漓的。

以我个人的经验来说，多年以自助的方式在外旅行，早已练就了伸缩自如的"软骨功"，随时随地为了外在环境和各种各样的突发情况而委屈自己、改变自己，努力去适应、努力去迁就；更重要的是：不论情况多糟糕、环境多恶劣，都得要忍，忍忍忍，忍中体现韧力、忍中表现大度，而更高的境界是：**忍中求取快乐**。

曾在非洲柏柏尔土著的泥砖屋子里和肥羊壮牛同住一屋，晚上，担心不谙礼貌的动物擅自入房，死死地用木板凳抵住房门，半睡半醒地熬过一宵；曾和南美洲的基巴鲁土著一起住在野兽出没的亚马孙丛林，把此起彼落的兽吼声当催眠曲；也曾在那灿烂得让人想与之恋爱的星空下，寄宿于撒哈拉大沙漠游牧民族的帐篷中，被骆驼腥恶的臭气熏得辗转难眠。这些地方，往往一看便想逃走而住过之后绝对不想再次体验，然而，正是这种种让人不想回顾的可怕经历，大大地丰富和充实了我的人生，所以嘛，又有什么可嫌、可怨、可骂的呢？

说到吃，更是旅行一乐。奢华得令人目眩神迷的大餐馆，我不放过，然而，路边沙飞尘扬的龌龊小摊子，我也绝对不排斥；俄罗斯硕大晶亮的鱼子酱固然值得一尝，菲律宾奇形怪状的鸭子胎也绝不逊色。想吃便吃、爱食就食，吃得好，当然是人生一大享受；吃得糟，舌头却也有机会储存"另一类"记忆嘛！只要不会因为"祸从口入"而致"魂归离恨天"，我觉得每一次让或恐怖如蝎子或恶心如田鼠或突兀如羊眼或诡谲如黑蚁或滑稽如禾虫等东西入口，都是食道与胃囊的一次新奇历险，充满了美丽的刺激感。

累积多年的旅行经验，我随身携带的一支百试不爽的"解忧剂"是："船到桥头自然直"，情况再坏、再惨、再窝囊、再不堪，终究会成为过去的，与其"庸人自扰"地跳脚叫骂而白白糟蹋那一次旅行，不如好好体验那种难得的经验，把它转化为一种足堪咀嚼回味的隽永记忆。

站在伊朗历史悠久的肯多文村庄里，高度的讶异使我双目变得鼓突鼓突的，整个人，像一尾立着的金鱼。

这个千年老村里的三百余位居民，全在山上凿洞而居。远远看去，一个一个黝黑黝黑的洞穴，宛如群山绝望地向老天呼救的嘴巴。

走在崎岖的山路上，看到三三两两的孩子，我惯性地将早已准备好的糖果塞给他们，万万没有想到，他们竟一脸不屑地丢在地上；举起相机想拍周遭的奇异景致，年长的居民却厉声喝止。他们的不友善，是我心中的大疙瘩。然而，后来，伊朗的朋友却向我解释：居民表面冷漠的敌意，是内心感觉的"盔甲"——他们享受目前以畜牧为生而远离尘嚣的生活，他们不要游客来破坏原有的安宁恬静，他们更不要旅游业来污染原来无欲无求的单纯生活；但是，游客不时地出现却使他们内心的不安转化为恐惧，因此，单纯而又无助地希望能以"恶声恶气、恶形恶相"来驱走毫不识相的游客。

尽管不受欢迎，我却厚着脸皮，且走且看。山上一个个赤裸裸的洞穴里，满满都是贫穷和邋遢。龟裂破损的碗碟、污黑原始的炊具、补丁处处的衣裳，随地乱置；腐朽败坏的气息，静静氤氲。

走着、走着，忽然听到箫声。很悠扬、很

悠然的箫声，从一个洞穴里传了出来。

驻足。

洞穴内，坐着一对相濡以沫的老夫妇，乍一看，两张脸，好似被人胡乱地用利器刮花了，再一看，才发现那是岁月的年轮。

吹箫的是老翁，听箫的是老妪。老翁浑浊的双目点染着晶亮的笑意，笑意不经意地飞溅出来，沾满老妪的唇。柔婉清越的箫声，缠缠绵绵地在一座一座老得十分自在的山头绕来绕去……

看着，听着，忽然觉得双眸全湿。

啊，这是个贫无立锥之地的小村庄，可是，村民却"富有"得令人侧目。

他们活得有尊严，有滋味。

梯田

那梯田，碧绿色的，一级一级绵延不绝地连天而去。在梯田下仰望，觉得有一种浩大磅礴的气势坦坦荡荡地流泻于天地之间。

这是一个微风轻拂的早晨，梯田里有人耕作。黧黑的脸庞，透着一种把"百炼钢化成绕指柔"的刚毅；晶莹的汗珠，镶嵌着他对土地的热爱与对丰收的期盼，一滴一滴地掉落，深深地揉进了扎扎实实的泥土里，绽放出满地袭人的芬芳。

陡峭倾斜的山坡，本来是不适合耕种的，但是，印尼巴厘岛的子民，却凭着坚忍不拔的毅力、本着百折不挠的努力，埋头苦干，开山辟地，化腐朽为神奇，完全扭转了大自然的劣势。

梯田边缘那防止水土流失的田埂，稳固牢实。我一坐下，心无城府的风，便夹带着附近树树草草酥软甜润的气息，缓缓地吹了过来；泛起于梯田的那一道又一道绿色的波浪，温柔得像一首又一首轻轻吟唱于耳畔的情歌。

我的心，有着前所未有的舒畅。

是"人定胜天"的信念，把眼前一片一片狰狞的荒凉化成了一亩一亩富足的美丽！

这些售卖传统草药的小摊子，在缅甸金石佛塔附近，沿着高高低低的梯级，一摊挨一摊鳞次栉比地摆在一起。

慢慢走，逐摊看。

被斩断了的那只熊掌，就这样出其不意地闯进我眼帘。

肥肥大大厚厚黑黑、邋邋狰狞诡谲恐怖，既有张牙舞爪的凶狠，亦有不甘被斩的怅恨。

卖它的人，笑着招徕："买吧，买吧，既美味又补身哪！"

这熊掌，来自何处，不得而知；然而，听说有些专卖野味的酒家，活生生地将大熊的四肢浸在滚水里烫熟，斩下，供人食用，然后，再继续饲养那四肢残缺的大熊，定期抽取它的胆汁以制成药剂。

人性，有时的确比兽性更残忍。

偶尔在电影中看到野兽使尽狠劲扑杀手无寸铁的人类时，总有个小小的声音，在我心底响起：

"天哪，**那只野兽的人性又发作了！**"

首先攫住我目光的，是那出奇地和谐的色彩。

天，不曾受污染，干净得很彻底，是澄亮的蔚蓝色，一望无垠，壮壮阔阔地延伸到视线难及的那个地方去。

地，是嫩嫩的青色，尚未成熟的麦子，形成了一大片温柔的绿浪，随着微微掠过的风，起起伏伏、伏伏起起，高高低低、低低高高。

那名头戴越南传统竹笠的农妇，就在绿浪当中，露出半截穿着红色上衣的身子，很仔细很仔细地在审视她的庄稼。

啊，是经历了多少辛勤的耕耘、流过了多少酸臭的汗水，才挣得眼前这一亩又一亩翠绿的？

呵，是让手掌长出了多少厚厚的茧、让心房滋生了多少阴阴的苔，才挣得眼前这一畦又一畦麦子的？

越南大叻的这名农妇，此刻，是全世界最富有的人——整个的天、整个的地，都属于她，而她，利用天时地利之和，将那一把把看似卑微实则庄严的种子，化成了全家大小扎扎实实的粮食。

绿叶与牡丹

　　封闭多年的缅甸向外开放后，仰光的许多大型餐馆，都纷纷设立歌台。衣着朴实的男女歌星，站在布置简单的歌台上，卖歌售艺。

　　有趣的是：歌台旁边，全都设有一个出售纸质花环、花冠、花手镯的小摊子，热情的观众，听得过瘾时，便买了，跑上台去，随意挂在、戴在、圈在歌星身上。

　　据说歌星卸妆之后，会以低于成本的价格卖回给摊主，从中赚取外快。于是，在每晚的歌台上，便出现了一个很残酷的现象：受欢迎的歌星，每次出场，都有许多人争相涌上台去，来个"颈上添花"，一曲唱完，胸前一环一环都是密密的花串，把歌星脸上的笑容映照得灿烂如春。至于遭人冷落的歌星嘛，那歌，简直就像是唱给自己听的，寂清、寂冷、寂寞的声音，孤芳自赏地在台上回旋，台下呢，反应全无，就连曲终人未散时那礼貌性的掌声，也是稀稀拉拉的。

　　得意与失意、风光与黯淡，竟是如此清楚明白而又一丝不苟地展示着。"台前十分钟、台后十年功"固然是千古不渝的真理，但是，才气与运气，却也是使际遇出现霄壤之别的主因。

　　上天给了多少亩田，便努力去耕，尽了全力而又问心无愧，便是快乐。再说，硕大的牡丹，总得要有陪衬的绿叶。当不成牡丹偏又成天嗟叹绿叶的不济，窝窝囊囊地浸在眼泪中白白活了一辈子，那才是最大的失败哪！

诱惑

美丽，很多时候，的确是致命的诱惑。

朋友买了一把西班牙制造的仿古短枪。

雕了细致图纹的木制枪托，镶以雕工华美的黄铜，长长的枪管，是白铜制造的，镌刻着的图案，繁复典雅。整把枪，深沉地闪着隽永的亮光，宛若一件惊世骇俗的艺术品。

朋友慨叹地说：

"这样美丽，竟是杀人武器！"

正因为它美丽，危险性倍增。

在柬埔寨和老挝，人民还活在过去战争的阴影里，战争残留下来的不计其数的地雷和小炸弹，成了道道无形的催命符。这些爆炸物形状怪异有趣，天真无邪的孩子每每看到，总大喜过望，把它们当作是野地的玩具而用手去抛、用脚去踢，结果乐极生悲，被炸得血肉模糊！

美丽的背后，竟是丑恶的极致。

奇趣的内层，竟是罪恶的渊薮。

在现实生活中，许多人不也着了蛇蝎美人的道而死得不明不白吗？可悲而又可怕的是：例子俯拾即是，同样的事件依然层出不穷！

美丽，很多时候，的确是致命的诱惑。

来到了阿拉伯联合酋长国（UAE）的第二大酋长国迪拜（Dubai），到旅游促进局去，要求有关当局推荐观光节目。该局职员毫不犹豫地建议：骑骆驼到沙漠去，观赏苍茫独特的大漠风光。

我想也不想，便摇头说不——曾经深入神秘莫测的撒哈拉大沙漠，与游牧民族共住帐篷，为大漠那磅礴得足以令人目瞪口呆的浩大气势深深地倾倒；也曾有长达年余的时间住在沙特阿拉伯，为那黄沙滚滚蔓延万里的辽阔气象而心醉神迷，现在，实在不想再看"小巫"——除却巫山不是云呵！

那职员脸上浮现了一丝讳莫如深的笑意，说：

"每片天空，都有不同的颜色和深度；每个沙漠，都有不同的性格和魅力，您姑且试试吧！"

被他说动了心，我去了。

沙漠，刚刚下了一场不可思议的雨，空气里满满地蕴含着湿气，为原本炎热不堪的夏天带来了难以预料的沁心凉意。

骆驼，淡漠着一张毫无表情的脸，重复着每天一成不变的日程。沙漠平平坦坦，一望无际，没有曲线，没有变化，即连原本"剑拔弩张"的荆棘和"千娇百媚"的仙人掌，也显得营养不良，没神没气的。逗留在迪拜的时间很

放开胸怀，接纳万物，人生无处不风景。

莫为一己成见所囿，更莫自满于昔日经验，

有限，惆怅自己骑着瘦骨嶙峋的骆驼在此彳彳亍亍，无谓地消耗时间。

百无聊赖地俯头看路旁干瘪的植物，这时，牵骆驼的人突然停住了脚步，仰着一张皱纹纵横宛若大小溪流任意狂流的脸，指着天空，以一种庄严而又亢奋的语气喊道：

"看！"

一看，双眼像火柴，"哗"地一下燃烧起来。

远处，整个天幕，灰灰暗暗的，像是一块被洗得褪色的画布，显得沉滞、暧昧、模糊。就在这块陈旧不堪的"画布"上，大自然以它鬼斧神工之笔，画出了惊世之作：一道彩虹，弯成了圆满的弧形，由东到西，横跨整个天幕，不可一世地闪着扑朔迷离的璀璨。沙漠里的黄沙，在光线折射之下，被染成了一片非真似幻的瑰丽，像一地五彩的琉璃。

这一生，没看过比这更奢华更铺张更脱离现实的景致了。

一颗心，醉得不成样子。

啊，看似乏善可陈的旅程，却有着出其不意的惊喜；看似平淡无奇的景物，却展现了惊世骇俗的绚丽。

莫为一己成见所囿，更莫自满于昔日经验，放开胸怀，接纳万物，人生无处不风景。

到日本去旅行，注意到一个在寻常当中寓有不平凡意义的事儿：凡是热闹的场所，都有人免费派送纸巾——地铁站、市中心、餐馆外、商场内、各大名胜地，都有。

往往在外面玩了一整天之后，回返旅馆，一打开皮包，里面，满是一包一包洁白如云絮的纸巾。

纸巾，是日本商家借以打广告的"桥梁"。

当你取用纸巾时，包装纸上的商品广告便会无遮无拦地跃入眼帘，而当你百无聊赖地坐在餐馆里等着上菜时，或者，烦闷已极地站在地铁站等待地铁时，读纸巾包装纸的广告，就理所当然地成了一种极好的消遣。读得详细、读得入味，那商品，无形中便在脑海里牢牢生根。

嘿，区区一包纸巾，居然发挥了"输送讯息"的巨大功能！

最重要的是：纸巾实用，人人用得着，所以，当送纸巾的人热情万分地将一包包纸巾送到你面前时，你总是欢欢喜喜地收下来，高高兴兴地放入皮包内；明明知道这是广告商品，然而，在心理上，却全然不抗拒，这个"好的开始"，当然也就是"成功的一半"啦！

在新加坡，我家的信箱，每天都塞满了各式各样"不请自来"的广告传单。一一去读吗？不论详读或是略读，时间都不允许，亦没有此等精力与闲情。说来不好意思，我往往看也不看，随手一扬，一大沓印刷精美、五彩缤纷的广告传单，便痛苦万分地进了暗无天日的垃圾桶里。

广告的功效？

当然是"零"啦！

这样的推销方式，十分消极、十分窝囊、十分被动。

说说一则意义深长的小故事。

有人对着山叫道：

"山，过来，山，过来！"

山纹风不动，叫五六声，山皆不动。

他深思熟虑之后，默默地对自己说道：

"山，是不会过来的，只有我走到山那边去！"

商家向消费者推销商品，和教师向学生灌输道德观念，在原理上都是一样的，只有出奇制胜地将他们的心扉打开，主动地、积极地接近他们，才能顺利地将具体的实物或是抽象的概念成功地引进他们的生活里。

尼泊尔一名饶具经验的猎虎专家艾默特里，告诉了我一个有趣而又恐怖的事实：一般活动于丛林中的老虎，喜欢捕食肉质丰厚的动物，如斑马、水牛、鹿儿，等等，它们对于人类兴趣不大，窄路相逢时，只要人类不主动采取攻势或是惊慌奔逃而引起误会，老虎通常是不会扑而噬之的。然而，奇怪的是：一旦老虎试过人肉之后，却会乐此不疲，见人就吃。像这类"食髓知味"的老虎，是危险性最高的，鉴于此，尼泊尔的野生动物园如果发生老虎噬人的意外事件，有关当局一定会派遣他去把这头老虎生擒回来，放到动物园去，关进铁笼子里，以策安全。

我好奇地反问：尼泊尔国家野生动物园里有七八十头老虎，你又如何辨识哪头老虎曾噬人肉？

艾默特里答道：曾噬人肉的老虎，一旦嗅到人气，看东西的眼神和走路的动作，都会起着明显的变化，有经验的猎虎者一看便知，一知便立刻发射麻醉针，百发百中。

瞧，瞧啊，叱咤林中的老虎之所以会沦为可怜兮兮的"笼中客"，全因为那眼神那动作在无意识中出卖了它。

若要人不知，除非己莫为。

反串

黑衣、黑裤，腰间系一块金光闪烁的布。短短的头发，服服帖帖，没有半点油脂；长长的脸庞，干干净净，没有一点颜色。

他伫立不动，像一根垂直的柳。缓缓响起的音乐，犹如徐徐吹来的春风，柳条在瞬息之间化成了千种万种缤纷的姿态。

在台上独舞的他，柔若无骨。十根手指，化为昙花，层层绽放，到了绚烂已极之际，却又瓣瓣合拢，叶叶凋零，如此乍开乍合，犹如春冬两季的交替更易；只一忽儿，十指却又化为乱飞的群莺，活泼飞跃于百树枝头，于寂寂中听那无声的叫闹，倍觉喧嚣。

他十指忙，双眸亦忙。那眼色，阴柔婉约；那眼神，风情无限。嘴角那一串饱饱满满好似随时随地会滚落下来偏又险险地挂着的笑意，更是蚀骨地妩媚。

明明是个顶天立地的男人，然而，在飞绕的音符里，却十足十、百分百地变成一个千娇百媚的女人。他不必倚靠任何媚俗的化妆和反串的服装，腰肢款款一摆、眼神斜斜一抛，众人便如痴如醉了。然而，台上十分钟，台下十年功，在练舞的时候，他除了得摆脱男儿天生的阳刚之气外，还得甩掉来自传统社会里亲戚朋友异样的眼光以及自个儿的心理负担。他走的道路，比任何人更崎岖；他下的决心，比任何人更坚定。

这个尼泊尔男子，是艺人中的艺人。

走路的云
用脚步丈量世界，品味生命

来到了柬埔寨的第二大城马德望（Battam-bong），傍晚到百货市集去逛。简朴的小摊子，一个挨一个挤挤密密地排着，吃喝穿用，样样有。在一个标明不二价的摊子上，看中了一只小巧玲珑的铜雕老虎，定价五千瑞尔。爱它雕工精美，虎虎生风，栩栩如生，决定买下，拿出钱包，取出一张钞票，说："喏，五千瑞尔。"摊主是个中年妇女，接过了钞票之后，紧紧捏在掌心里，嘱她的女儿代我把那只铜雕老虎用报纸包起来。欢欢喜喜地接过来后，正想迈步走开，冷不防那妇人唤住我，我止步，她把掌心摊开，掌心里，躺着刚才我付给她的那张五千瑞尔的钞票。她定定地看着我，说道："你给错钱了，这是五万瑞尔，不是五千！"说着，把手掌伸到我面前，示意我把钱拿回去。

啊，这妇人，明明知道我给错了钱，但却没有立刻退还给我。很显然地，当时，她心里那个贪婪的魔鬼和诚实的本性正经历着一场激烈的战斗——五万瑞尔，是一般柬埔寨人辛苦工作半个月的薪金呢！退还，还是吞噬？魔鬼说："飞来横财，不拿白不拿！"本性说："君子爱财，取之有道！"终于，邪不胜正，她把钱退还给我了。

事后，我多次向别人复述这故事："五万瑞尔，相当于半个月的薪水呢，她居然退还！"别人总说："柬埔寨人，真诚实！"

　　这妇人，在保住了个人清誉的同时，也保住了国家的荣誉。

一位初识的朋友在移居老挝之前，曾在金边担任校长多年，后来，柬埔寨烽火四起，他逃往越南，被关在集中营八个月。回首前尘岁月，他最难以忘怀的，是虎落平阳被"牛"欺的经历。

"我被分配去放牛，万一牛走失了，自然会被治以重罪，所以，只好把绳索套在牛颈上，以便于控制它。然而，牛性难伏，每天总会发疯好几回，一发起疯来，便任性而又任意地乱跑，结果，牵着绳索的人，不但控制不了它，反而被它牵得跌跌撞撞，磕磕碰碰，弄得一身瘀伤，狼狈不堪。后来，有人教我一道暗招：清早出去放牛之前，把盐放在掌心里，加水溶解，让牛舔食，吃了盐水的牛，一整天都会乖乖听话。我试了，十分灵验。问题是：当时在集中营里，盐珍贵如金，实行配给制，每人每日仅仅只能分配到半小匙。我权衡轻重，决定每天牺牲一半的配给量，让牛舔个欢欢喜喜，也让我自己在乱世当中过得平平安安。这法子，百试不爽，我也因此苟延残喘，直到离开集中营为止。"

一物治一物，就算环境再恶劣，际遇再不堪，命运再多蹇，然而，只要保持冷静的处事态度与乐观的处世精神，许多难题，都能迎刃而解，正是：**留得青山在，不怕没柴烧！**

秘诀

与加德满都一家中餐馆的东主聊天，他满腹牢骚地说：

"在尼泊尔，烹煮中餐的厨师很难聘请。有时，找来一个新手，费尽九牛二虎之力把他训练成才，可是，才独当一面地工作不了多久，却又为了更高的薪水而跳槽去了，有些还索性自立门户，与我分庭抗礼哪！所以呢，现在，我训练厨师，已采取了和过去截然不同的方式——我只教他们步骤，绝不向他们解释蕴藏在每一个步骤背后的动机，这样一来，他们只能照章行事，学得一道，便是一道，绝对没有办法根据基本原则而生出无限的变化。打个比喻来说，有些菜，在翻炒时，必须加入少少几滴醋，使菜在炒好之后，可以保持娇翠欲滴的青绿色，这个原理通晓之后，他们便可以举一反三，广为运用；然而，如果只会表面的方法而不会内蕴的道理，那么，他们便只能囿于这一道菜的做法了。"

尼泊尔这名厨师，"一语中的"地点出了学习的大原则。读书如果只会死记"什么"而不积极地追问"为什么"，知其然而不知其所以然，吸收而得的学识，往往是死的、有局限的、无变化的。然而，如果能连环式地抛出无数的"为什么"，便能层层进逼地进入问题的核心，求得无限的学问，而这，便是学习最大的秘诀了。

在印尼近海的小城看到那一排一排挖成浅坑的方形盐田时，心中立刻起了一种温柔的撼动。海水，都被吮吸了，留在浅坑里的，是白花花的盐。浩浩瀚瀚、无边无际、迤迤逦逦，全是白的、白的、白的。白得耀眼、白得绚丽、白得奔放。这盐，在平常的日子里，不动声色地藏在深不可测的海洋中，痕迹不露、行踪不显。可是，当口渴欲狂的阳光把海水畅饮殆尽后，它便风情万种地现形于大地。据说世界食盐总产量的半数就是用日光蒸发海水而摄取的。

盐，是防腐品与调味品的灵魂，由于它量多，所以，价贱如土；再由于它任人予取予求，所以，可悲地被滥用：咸蛋、咸鱼、咸菜，纷纷应运而生；就连文人，也故意低贬它的价值——色情之作，被轻薄而又刻薄地喻为"撒盐花"！然而，来到了寸草不生、荒凉已极的撒哈拉大沙漠，要"撒盐花"，还得付出不菲的价格哪！长年住在沙漠里的游牧民族，以灵活的双手将羊毛织成图案繁复的地毯，再以这地毯与往来商贾交换食盐。那日，在帐篷里，与游牧民族共食烙饼，饼上撒着的盐花，粒粒璀璨如钻石，珍贵而又稀罕。

盐，在伸手难及的环境里，扬眉吐气地显出了它真正的价值。

羊的故事

事隔多年，未能淡忘。

忘不了那双眸子，那双圆圆大大隐含笑意的眸子。

这是一双羊的眼珠，盛在精致闪亮的小银盘里。

那晚，我和詹受邀赴宴，宴客的是沙特阿拉伯一位富豪。主菜是烤全羊，烤得金光灿烂的羊，得意扬扬地趴在桌子中央，旁边饰以五彩瑰丽的瓜果，有着一种令人难以逼视的珠光宝气，只是，只是，脸上那两个眼珠被挖走了的眼窝，空荡荡、黑黝黝的，像两口积怨极深的井。按照当地的风俗，主客通常被缯以羊目，詹面不改色地吃了，我却因妇人之仁而感到不安。心里难过地想到：眼珠被挖走之后，羊儿的灵魂会不会在黑暗中迷失了方向呢？

过了几年，到叙利亚去旅行，住在一所小旅舍里。旅舍位于窄巷中，窄巷深又长。旅舍底层是间小食店，专卖羊肉汤，大小不一的羊头，整整齐齐地坐在大大的托盘里；嵌在羊脸上那双双黯淡无光的眼珠，一无是用地瞅着巷子里来来往往的行人。这时，我才幡然醒悟：在盛宴上把羊目奉给主客，对羊而言，其实是一种美丽的抬举。当年的悲思，竟是一种不明情势而生出的愚念！

天地万物，各司其职。人类努力耕耘，大地报以草类五谷。嫩草养肥了无忧的羊儿，羊儿无私地以身体反哺人类。人类、大地、羊儿，三者之间，形成了一个美丽的循环。

有一回，到新西兰去旅行，下榻于牧场。牧场主人养了四千多头羊，靠着六条狗指挥。他说："羊儿温驯听话，只要把狗训练好，便可以放心地把羊群交给它们管。"次日，看狗赶羊，大开眼界。壮硕敏捷的狗霸气而又神气地狂吠狂奔，四千多头羊，就跟在狗儿后面，一窝蜂地跑，跑、跑、跑，方向不辨地跑、目的不明地跑，呵，典型的"羊群心态"！我站在高高的山峦上，饶具兴味地看着这极其有趣的一幕，看着看着，不知怎的，眼前这许许多多盲目地飞奔着的黑点，突然幻化为一张一张人的脸，一张一张似曾相识的脸……我的一颗心，突然猛猛地坠到了山底去。

又一年，到澳洲去，住进了农舍。农舍主人种菜、养牛、养羊。绵羊怕人，每当我一走近，它们便齐齐"退避三舍"，弄得我十分无趣。一日，讶然看到农舍主人抱着一头绵羊玩得不亦乐乎，好奇求询"戏羊秘诀"，她笑嘻嘻地说："这绵羊，出世时身体很弱，我将它和其他羊只分开，用奶瓶喂它牛奶，养到现在。它并不知道自己就是绵羊，每回看到绵羊，总吓得拼命逃跑，可能在潜意识里它以为自己和我是同类！"嘿，这绵羊，绝对地不幸福——不论它和人类有多亲近，它终究只是一头绵羊，而且，永远只能是一头绵羊。**唯有认清自己的本分，脚踏实地地活着，才能活出一个真正的自己啊！**

奢华的贫民区

一大清早，林方杰便兴致勃勃地说道：

"走，带你们去看文莱的贫民区。"

林方杰是日胜的侄儿，移居文莱三十余年，已在这儿开拓了一片亮丽的天空。

盛产石油的文莱，一向被人看作是"遍地黄金"的宝地，有人甚至戏谑地说：文莱人根本不必工作，没钱用时，只要在地上掘一两公尺，自然便有肥肥的油喷出来，化成白花花的银子。

这个人口只有三十多万的超级富国，贫民区究竟是怎么样的呢？还有，那儿的治安好吗？

方杰露出一脸神秘的笑容，说：

"你自己去看看，不就晓得了吗？"

车子在宽敞平坦的马路上飞驰着，两旁普植的树木把回旋的轻风都染成了淡淡的绿色。不久，车子在一个美丽的住宅区停了下来，一幢幢设计各具特色的独立式洋楼扬扬得意地向路人展示着万种风情。我注意到，所有的洋楼都不设围墙或围篱，而每幢洋楼的大门口，都停放着好几辆汽车。

我疑惑地看着方杰，问道：

"咦，你不是说要带我们去看贫民区吗？"

方杰笑嘻嘻地说：

"这就是文莱的贫民区了呀！"

他这玩笑，开得太离谱了呀！见我全然不

信，他这才收敛了笑容，认真地说：

"真的呀，这就是贫民区。"

原来文莱政府为了照顾在国内没有任何产业的"贫民"，给他们提供廉价住屋（分甲乙丙三种等级），眼前这种双层的屋子，售价才70000文莱元（注：文莱元与新加坡元等值，1新加坡元约合4.8元人民币），屋主每个月只需摊还200元，分几十年还清，屋子便可代代传承了，唯一的条件是不能转售牟利。这幢双层的屋子，底层是空的，沿着楼梯上去，有三房一厅、一间厨房，非常宽敞。

许多人在分配到廉价屋后，便大兴土木，在保持屋子原本架构的情况下，进行大规模的扩建，于是，一幢幢华丽宏伟的洋楼，便展现在眼前了。唯政府规定，屋外不许建围墙和围篱。

方杰带我们去拜访他那住在"贫民区"里的连襟兄弟老叶，他的屋子，刚刚扩建完成，用"气派恢宏、富丽堂皇"来形容，一点也不过分。屋内设计，美轮美奂；各种设备，应有尽有。如果告诉别人，这是富豪的屋子，相信没有人会质疑的。他表示，他是花了好几年的功夫，带着两个工人，一寸一寸地把扩建工程慢慢地完成的。他得意地说，许多建筑的材料，包括大厅铺设的大理石、房间的柚木地板，都是他亲自到中国选购后，再箱运回来的。住在坐落于"贫民区"这幢占地8000平方米的"豪宅"里，每个月只用分期付款的方式，还给政府200元而已。最不可思议的是，文莱每位公民只要年届55，不管个人经济状况如何，政府都会每月派送250元；所以，老叶每个月交了200元屋款，却又领回250元暮年津贴！

谈起治安，老叶自豪地说：

"世上大约没有任何地方比文莱更安全了。铤而走险，是一种走投无路的冒险行为，然而，在文莱，人人安居乐业、丰衣足食，想想看，国民连税都不必缴，教育和医疗又完全免费，哪里还有犯罪的必要呢？"

呵，文莱这神话王国，不折不扣是一块罕见的人间乐土。

然而，被政府如此无微不至地"溺爱"着的国民，万一他日受风雨侵袭，是否还有抵御的能力呢？

站在文莱一所豪宅前，我默默地数停放于庭院内的车子：

"一、二、三、四、五、六、七、八、九、十……"

十七辆。

算了两次，嘿，一点儿也没有错，总共十七辆。

可别以为这户人家在举行家宴，不是的；这十七辆车子，通通都是属于屋主和他家属的。

盛产石油的文莱，是世界上最富有的国家之一，又样样免税，车子便宜得令人匪夷所思；只要付出一万多文莱元，便可买到一辆1600马力的日产车子。

汽油呢，不可思议的，居然比矿泉水更便宜。一瓶矿泉水（1 公升）售价 1 元 2 角文莱元，可是，1 公升汽油才卖 0.53 元！

国小民寡的文莱，人口只有区区 30 多万，令人难以置信的，车子竟然比人口更多！

令我咋舌的，倒不是车价与汽油的超级便宜，而是文莱人滥买车子的那种挥霍行为！

有一户陈姓人家，拥有七辆大大小小不同牌子、不同款式的车子。六个家庭成员，每人拥有一辆，多出的一辆，是供佣人使用的。

陈太太振振有词地说道：

"文莱计程车少之又少，要乘坐时，还得

打电话预约，很不方便。给佣人一辆车，上菜市或差她去市区办事，都十分方便，这也等于是直接减轻了我的工作负担嘛！"

另一户人家，三个家庭成员，却拥有四辆车子。屋主云淡风轻地说道：

"一辆车子是备用的。"

还有一户人家，更绝，去不同的地方，便驾不同的车子。郊游、办公、逛街、短程旅行，都出动不同的车。嘿嘿，不知道文莱一些爱美的女性，会不会"穷奢极侈"地以不同颜色的车子来和衣服相配搭呢？

那天，到所谓的"贫民区"去，有户人家，买下了廉价屋后，没有进行任何装修，屋子虽然极为宽敞，但是，由于左邻右舍都将屋子扩建了，他那幢"原汁原味"的双层屋子因而便显得有点寒酸了。屋主说："屋子只有我和妻子两个人住，没有扩建的必要。"然而，这幢"寒酸"屋子的主人，赫然拥有四辆车子！

车子，对于文莱人来说，就好像玩具车一样，想买便买。买了，如果不喜欢，便另买一辆；倘若喜欢，就多添一辆。

二手车在这儿全然没有价值，许多豪华汽车，用了几年而沦为二手车后，往往只值几千元而已。

文莱过去曾经是一个在贫穷夹缝里挣扎求存的农业小国，自从发现了在地底下埋着的"大宝藏"后，经济结构便起了翻天覆地的大变化，石油和天然气的开采，成了国家主要的经济支柱；从此之后，举国上下便过着不虞匮乏的安逸生活。

这种情况，就好像是一个原本寸草不生的地方，经仙人以魔术棒点化后，全国各处立刻长出了金黄的稻子、肥大的马铃薯、丰实的小麦、甜美的瓜类、缤纷的水果……人民予取予求，文莱因此被誉为"现代的天方夜谭"。

然而，这些天赐的"粮食"，不是永远"取之不尽、用之不竭"的。石油开采殆尽的那一天，也就是仙人收回仙棒的时候了。

　　文莱政府当然也意识到这个危机，因此，多年前便提出了"经济多元化"的发展计划。

　　然而，在这个生活节奏缓慢而悠闲的地方，人人安于现状，快乐满足。政府最大的挑战，恐怕是让全民培养起该有的"忧患意识"吧？

奇特的水村

世界上很少地方能像文莱水村一样，有着毫不协调的矛盾，却又因这矛盾而带来了难以抵挡的大魅力。

它既简陋，又富足；既局促，又宽敞；既朴实，又华美；既落后，又典雅；既传统，又现代。

这个斑斑驳驳地染着六百余年历史沧桑的水上村庄，是世界上规模最大的水村，住户三万余人，占文莱总人口的10%。

建筑格式不一的高脚木屋，讳莫如深地立在波光粼粼的文莱河上，一幢一幢，沿着河道，逶逶迤迤，密密相连。远远望去，陈旧、杂乱、贫陋、挤迫，像一幅年代久远的画，褪色了、没亮泽。然而，乘船进入水村后，才诧异地发现，里面另有乾坤。

居民十分友善，频频邀请我们入屋参观。

家家户户，窗明几净，纤尘不染，绿意盎然的盆栽和争艳夺丽的盆花，将水村点缀得花团锦簇，喜气洋洋。铺了地毯的起居室里，沙发、电视机、录像机、音响系统，等等，一应俱全；宽敞明亮的厨房内，微波炉、冰箱、电炉，应有尽有。水电供应充足，卫生设备良好。

让人惊叹的是，水村还设有学校、医院、清真寺、警察局、邮政局、诊疗所、消防局、小商店，等等，俨然就是一个"五脏俱全"的完善社区。

相传一千多年前，文莱的原住民碍于原始森林野兽和毒蛇极多，因而利用当地普植的红树在水上搭建房屋，水村因此初成雏形。旷日持久，规模愈来愈大，在鼎盛时期，文莱半数以上的人口都住在水村里。

到了二十世纪八十年代，一场狰狞的大火吞噬了部分水村，文莱政府基于经济发展与开发国土等多方面的考量，大力鼓励水村居民迁徙到陆地去，水村人口于是逐渐萎缩。然而，也有许多住户由于世世代代都留居水村，早已习惯而且深深喜爱水村的生活，无论如何也不愿搬迁到岸上去。

有一位水村居民便以无比自豪的口气告诉我：

"水村远离尘嚣，自成天地，安全、宁静、悠闲；夜里，涛声不绝，月色相伴，宛如人间仙境哪！"

水村这些"忠心耿耿"的居民，在守着旧居的同时，也在守着古老的传统——一种在紧张都市生活节奏里快速流失的美丽传统。

过去，水村居民的祖先多以捕鱼、造船和修船为生，生活颇为艰苦。随着文莱的经济起了翻天覆地的变化之后，文莱人的生活模式也截然不同了。现在，水村的新一代，多数已在政府部门或私人机构工作，而这，也造就了水村居民一种极端特殊的生活方式：在水村对岸的文莱河畔，密密麻麻地停满了汽车，车主全是水村的居民，他们晨起之后，乘搭小艇到岸边，改驾汽车去上班；下班后，驾车到岸边，又乘船回返他们的"世外桃源"。谁敢相信呢，水村居民竟然家家户户都拥有汽车！

文莱水村又名"东方威尼斯"。

十五世纪时，葡萄牙航海家麦哲伦初来乍到，看到展现在他面前迷人的水村风貌，痴痴地醉了；当时伴随着他的，是意大利历史学家安东尼奥，文莱水村激起了他的思乡情怀，他当即动情地将它称为"东方威尼斯"。

实际上，这个称谓，不论对意大利或是文莱来说，都是不恰当的，也都是一种精神的"亵渎"。文莱水村没有威尼斯水乡旖旎浪漫的风情，而威尼斯水乡也没有文莱水村的朴实淡泊的风貌，它们各具魅力，不分上下，谁也比不了谁，谁也不必当谁的"分号"。

文莱水村，就是文莱水村。

它是独一无二的。

——

01

罕萨

快乐的长寿老人，

每道皱纹都镶嵌着

恬然笑意。

——

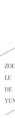

千山里的世外桃源

很久很久以前，有个为喜马拉雅山所包围的小王国，住着三万余人。它只有一百六十一公里长，五公里宽。这里风光如画，恬静如诗，人人过着"日出而作，日入而息"的农耕生活，自给自足，与世无争，鸡犬之声相闻而各家各户常相往来。战争、罪恶、疾病、贫穷、痛苦，在这儿通通都是陌生的名词。

这个宛如童话世界的世外桃源，名字唤作罕萨（Hunza），自一九七四年起，归属巴基斯坦，目前有居民四万五千余人。它位于巴基斯坦东北部，距离中国新疆仅仅三十余公里。

沿着山脉小径颠颠簸簸地走了一段很长的路，终于来到了这个心仪已久的地方。

一下车，眼前的景象，便化成了一个很大很大的惊叹号，猝不及防地扑面而来。

02

——

闲闲地
坐在门槛上的老人，
啜饮温煦的阳光为
早餐。

——

千山环绕 景色绝佳

啊，啊，啊……山，雄浑巍峨而又开阔壮丽的喜马拉雅山，居然就在咫尺之遥的眼前！那么、那么的近，近得我可以听到山的呼吸、闻到山的气息、看到山的苍劲、感受到山的磅礴，甚至，触到山的灵魂。山下，是一大片丰饶而安静的绿色，坚实的白杨树，在岁月的浸渍下，顽强地保持着温柔的嫩绿色，那漫天漫地的绿呵，为整个大地增添了几许早春的妩媚。

下榻于由民宅改建而成的蓝月旅舍（Blue Moon Hotel），楼高三层，只有八个房间，房外有大大的阳台。开门见山，门不开，山亦见。风势忽缓忽急，白云骤聚骤散，有一种无声的热闹、有一种无言的风情。石砌的屋子，一幢一幢依着起伏的山势迤逦而建，高高低低、低低高高，好似一个一个活泼至极地跳在空间里的具体音符。蓝月旅舍的左右两边，都是百姓住宅，好食懒做的羊、无所事事的牛，就用绳索随意地拴在屋前屋后的大树旁，而好管闲事的鸡只呢，这边探头探脑地看，那边交头接耳地说，终日叽叽喳喳，无中生有的谣言，因此而四处流传；偶尔牛羊受不了时，便哞哞、咩咩地叫，听在耳里，像是一声声无奈的叹息。

蓝月旅舍的东主，是现年三十一岁的阿敏沙（Amin Shah），他自南部大城卡拉奇修得大学商科学位后，投入旅馆行业服务，工作了好几年，有了积蓄后，便回返他出生他成长的故乡罕萨，租下这幢屋子，经营旅舍。

他一脸自豪地说道：

"罕萨是全巴基斯坦最美丽的地方，也是全然不受外面世界污染的人间净土。把这份超尘绝俗的美丽介绍给世界各地的游客，是我终生努力不懈的目标。"说着，他黧黑善良的脸，浮起了几分懊恼、几分困惑："有时，翻阅他国的报章，我总觉得十分沮丧。在异国记者的笔下，巴基斯坦是个充满了罢工与暴乱、贫穷和疾病、落后与邋遢的地方，这些似是而非的报道，弄得人人裹足不前，旅游业也因此而难以发展。实际上，巴基斯坦幅员广大，各个城市的发展与风貌也迥然而异，不能一概而论。就罕萨而言，风光优美，民情淳朴，说它是世外桃源，它绝对当之无愧。那些久居于此的人固然根深难拔，就算那些在外工作的人，总也想方设法回来定居。"

清净无欲 长命百岁

建在海拔 2438 米高的罕萨，为群山环绕，地势险要，在并入巴基斯坦的版图之前，居民多年闭关自守，以农耕为生。这儿普遍流传着一个笑话：在五十年代初期，当第一辆吉普车驶入罕萨境内时，素来不曾与外界接触的罕萨居民，竟然把它当成是一种动物，吉普车停下后，有些罕萨人甚至试着以干草来喂饲它呢！当然，这个笑话的真实性是无从稽考的。不过呢，罕萨许多居民享有百年长寿，倒是人人津津乐道的事实。

阿敏沙兴致勃勃地说道：

"罕萨的空气，干干净净，全无杂质，居民天天以它洗涤肺叶，不知道有多健康哪！"说着，他微微地仰着头，作状地吸了一大口好似过滤了的新鲜空气，微笑续道，"这儿冰河

——
罕萨
别具风味的
石砌民宅。

——

-

-

处处，蕴藏着丰富的矿物质，流到低处时，分裂成许多天然的灌溉水道，一亩一亩不施农药的农作物在纯净河水的滋润下长成的瓜果蔬菜，自然特别肥美，居民日日以此果腹而又长期饮用冰河之水，当然寿比南山了！"

罕萨居民膳食简单，餐餐少肉多菜，这原本已经符合长寿的原则了，更重要的是：他们多以务农为生，长年长日，耕作不辍，个个身体结实如牛、健壮如虎，生活里又没有任何造致精神紧张与心境不快的恶性竞争，清净无欲、清明无私、清静无为，长命百岁自然不足为奇了。

逗留在罕萨的这几天里，我的确在这里那里处处看到皱纹纵横而每道条纹都密密地镶嵌着恬然笑意的长寿老人。他们悠悠闲闲地坐在门槛上，以洞悉世情的双眸睐着凡事好奇的我，我一走近，不待开口，他们便以和眼色同样热诚的手势，邀我进屋喝茶，共吃巴基斯坦特制的烙饼。在吃吃喝喝的当儿，国籍不是藩篱，国界不是距离，几颗原本陌生的心啊，在这块陌生的国土上，温馨和谐地被一根无形的友谊长线紧紧密密地联系在一块儿。让我动心的是：尽管生活不富裕，甚至近乎贫苦的简陋，可是，他们居然敞开家门、敞开心胸，慷慷慨慨地与素昧平生的外人分享他们的茶水面包。小孩呢，也全无伸手向游客乞讨东西的陋习，他们总是露出一脸像阳光般灿烂的笑容，看着我，好像是想把他心中比阳光还要绚烂的快乐毫无条件地分给我；我呢，感激而又感动地收下了，慎重地叠好，收在心坎深处，千山万水地携回家来。

一般而言，每年的六月至八月，是罕萨的旅游旺季，然而，今年，受到种种不利因素诸如旱灾、流行疾病以及北部克什米尔战火的影响，到巴基斯坦来的游客大幅度锐减，罕萨成了受牵连的池鱼，游客寂寥；迤迤逦逦地开设在山区里的那两排手工艺品

04

"装扮"得
喜气洋洋的羊儿，
等待着的却是
一阕挽歌。

店也门可罗雀。然而，罕萨人并没有因此而唉声叹气、自怨自艾，更没有因此而穷凶极恶地把游客当成砧板上的肥羊。他们仍然依循原来一贯的步伐悠悠闲闲地过日子，天生性格里的那份热诚与真诚、无私与无欲、豁达与幽默，依然潇潇洒洒地发挥得淋漓尽致。在罕萨逛店子，是人世间最为快乐的事情。不论生意做不做得成，店主都会笑脸迎人，有时，索性拉了椅子，奉上茶水，像个多年老友地话东道西；有些店主热爱音乐，在竟日无人上门时，便抱着乐器，铮铮琮琮地弹奏自娱。

旅行经年，看过的好山好水不计其数，然而，说句真心话，美若罕萨者，还真罕见。这个建在海拔 2438 米高的城市，简直就是人间仙境，处身其中，好似醺醺然地走进了立体的明信片里，变化多端而令人心魂俱醉的美，无处不在、无处不有。在罕萨，根本不必刻意安排什么旅游节目，只要准备一份悠闲的心情，在山路上随意溜达，便能被那好似陈年醇酒一般的美景醉得脚步跟跄。兴致起时，便雇了吉普车，去看冰川冰河，结果呢，还没抵达，便被沿途一个个出其不意地撞进眼眸和心坎的美景弄得心猿意马，魂飞魄散，正是"千山高复低，好峰随处放"！

　　傍晚的罕萨，又是另一番叫人难忘的景象。夕阳西下之后，还眷恋不舍地拖了一条亮晃晃的大尾巴在天边，群山的轮廓在逐渐合拢的暮色里依然清晰可见，好似一群曾经光华四射的演员不愿承认年华老去的残酷事实而硬生生地站在舞台上，不肯退下，那种感觉，十分苍凉。暮色渐浓，群山无奈地淡出，剩下最高最陡的那座山，顽强地以皑皑的积雪继续地与如墨的夜色奋斗，最后，大地全黑，唯有这座雪山，孤芳自赏地闪着令人不敢逼视的熠熠亮光，冷而白，像是千年不溶的乡愁。

　　阿敏沙表示：每年在十二月至二月的冬季里，罕萨气温降至零下十余度，大雪纷飞，处处积雪，车不通行，店铺关闭，游客绝迹，整个城市，与世隔绝。许多商家便关闭店铺，出国采购原料。阿敏沙笑嘻嘻地说道："我呢，正好利用这段时间面壁思过，有过则改，无过则勉。"说着，他的"大罕萨主义"却又作祟了："其实啊，罕萨一年四季都美不胜收，尤其是冬天，那种细雪落地有声的宁静、那种山山尽白的洁净、那种天与地失去边界而视野可以伸展至无穷无尽的开阔壮丽、那种人迹灭绝而近乎禅境的超凡绝俗，都使这儿的冬天充满了无可抵挡的魅力。明年，你们可愿到这儿来过冬？"

愿意，真的愿意。我心里想的，不仅仅是过冬，我想狠狠在这儿住上一整年，好好地领略春夏秋冬四季的美景哪！此刻，终于深切地明白了为什么在飞机上邂逅的那一对英国籍夫妇在三访巴基斯坦之后仍然乐此不疲地一来再来，令人咋舌的是：这一回，夫妻俩居然请了长达四个月的无薪假，专程飞赴罕萨，准备痛痛快快地住上一长段时间！

远处的雪山，宛若一盏常亮不灭的灯，我们就浸在这一抹温柔的"灯光"里，酣眠竟夜。

土壤肥沃　盛产水果

次日清晨，起了个绝早，坐在阳台上，享用早餐。除了奶茶、煎蛋和面包之外，还有一小盘不知名的水果，盛在晶亮的玻璃器皿里，一颗一颗拇指般大小，鲜丽的枣红色，玲珑可爱，不像是可食的水果，倒像是精心雕琢的红宝石。问阿敏沙，他说是桑葚（mulberry），抓了几颗送进口里，哇！清甜绝顶一级棒！

阿敏沙微笑着说：

"现在是桑葚成熟的季节，我的后院，就种了好几棵桑树。它分两类，红者多汁，黄者清甜。它所蕴含的糖分很高，能提供身体所需要的热能，所以，我们常常将它晒干，储存起来，当成是冬粮的一种。"

早餐过后，阿敏沙带我们到后院去。哇哇哇！面积不大的地方，居然种了多种果树，包括苹果、葡萄、李子、杏子、核桃、桑葚、樱桃、杏仁，等等，满园春色掩不住，迎风摇曳百媚生。阿敏沙指出：除了桑葚、杏子和樱桃之外，其他的水果，都在九月大熟，嫣红姹紫，美不胜收。阿敏沙得意扬扬地说："我让所有的房客自由采摘，且摘且食，乐趣无穷哪！"

由于土壤肥沃，雨水纯净，不论什么水果，都长得很好，使盛产水果的罕萨成了名副其实的"水果天堂"，许多旅舍都以水果命名，比如：樱桃旅馆、桑葚旅店，等等。

在诸种水果当中，杏子是罕萨人的最爱。他们以慧心巧思，充分地利用杏子制造成多样化的食品，包括：杏子果酱、杏子果脯、杏子饼、杏子汁、杏子干，等等等等；更绝的是：罕萨人还将果核之内的果仁研磨成杏子油，用以烹饪。冬天来时，他们便将杏子树的枝丫砍下，燃火取暖。

有一天晚上，到"杏子餐馆"去用餐，菜单上赫然列有"杏子汤"这道菜。新鲜的杏子和撕成碎块的巴基斯坦面包在咸咸的汤水里载浮载沉，味道怪异，白白亵渎了杏子原有的清香。比杏子汤令人更难接受的，是杏子干，又硬又干，猛然一咬，牙齿差点与我诀别。干果店的店主看到我龇牙咧嘴的怪模样，忍俊不禁，说："这果干，不能咬的呀！应该含在嘴里，用唾液来软化它，它一旦软化，香味四溢，满口生津哪！"试了，效果不弱，但耗时费事，非我所爱。后来，有人教我，把杏子干放在温水中浸过夜，早上起来，吃彻底软化的杏子肉，喝香味贯彻的杏子水，一举两得，两全其美；依言试了，果然不赖哪！

离开罕萨的前一天，外出散步，途经民宅，看到一家大小在采桑葚。一名十五六岁的少年，站在粗大的树干上，一只脚踩住枝丫，摇啊摇的、抖呀抖的，大黄熟透的桑葚，一串接一串，好似大珠小珠落玉盘般，纷纷掉落在树下铺着的油布上，给人一种丰收的踏实感。一名妇人，专心一致地用竹枝扫帚把散落四处的桑葚扫入油布里，两位心甘情愿接受百年岁月洗礼的老人，闲闲地坐着看，一副心满意足的样子。好几名孩子，快乐已极地伸手去接那如雨般飞落的桑葚。看到驻足而观的我，一家大小竟不约而同地打着同样的手势，叫我随意取来吃。见我没动，以为我不明白，一名小孩跑了上来，摊开掌心，里面满满都是桑葚，他露着缺了门牙的小嘴巴，笑嘻嘻地用简单的英语说道："Eat，Eat！"我取来吃了，那份甜味呵，竟深深深深地渗透到心叶里，凝在那儿，永世不变……

原载台湾《小说族》月刊

2001 年第 156 期

危机四伏 枪影处处

在一般人眼中，开伯尔山口（Khyber Pass）是一个危机四伏的地方。

犹豫再犹豫、三思复三思，最后，还是下了决定：去！

旅行的本身，原本就带有些许冒险的成分嘛！再说，有人认为到巴基斯坦而不去开伯尔山隘，犹如到印度而不去泰姬陵一样，有终生的遗憾哪！

作了决定之后，马不停蹄地开始了手续繁琐的申请。终于，得了一纸入境许可证，上面清清楚楚地列明以下条规：

其一：日出之前及日落之后，游客不准出入开伯尔山隘。

其二：未得许可之前，不准拍照。

其三：必须自行聘请武装保安员随行。

拿着准入证，请了一名持械的保安员、一名司机，又破天荒地雇了一位导游，便战战兢兢而又兴奋莫名地上路了。

开伯尔山隘位于巴基斯坦最北之处，目前是由巴基斯坦土著自治的特区。它是巴基斯坦最重要的一个山口，长期具有战略的重要性，过去，曾是英国控制阿富汗边境与附近好战部落的要地。由于它地势险恶而地理位置特殊，所以，成了走私者的"天堂"，而其他的犯罪活动诸如酿制私酒、贩卖毒品、印制假钞，等等，也极为猖獗。此外，这儿靠近战火频仍的阿富汗，当地居民与阿富汗难民激烈火并而血溅街头的新闻屡见不鲜，进一步恶化了当地的治安。

然而，进入了开伯尔山隘，亲眼看到了当地那个令我惊愕而又错愕的景象，我才深切地了解了开伯尔山口被视为危险之地的真正原因。

在这儿，枪械管制法令不严，虽然明文规定十八岁才可以申请买枪执照，可是，买枪的管道太多了，只要有钱，要买长枪短枪、要买多买少，悉听尊便。于是，触目所见，人人有枪、人人带枪，肩上背着、腰上挂着、手上提着，仿佛那仅仅只是用以把玩的东西。亮丽的阳光好似碎裂的钻石一般，在大街上闪闪烁烁地跳跃着，可是，那种无处不在的死亡威胁，却让我背脊隐隐地发凉。

住在开伯尔山口自治区内的，多数是骁勇善战的帕坦土著（Pathans），他们也是巴基斯坦数量最大的土著，性子强悍、行事独立、性格坚毅。过去，他们多数是农夫和牧羊者；现在呢，则多从事贸易以及运输的工作。

我们所雇用的导游马希尔也是帕坦族，这是一个极为特殊的人物。他是一名医生，来自富裕家庭，在巴基斯坦创设了一个"世界福利协会"，反吸毒贩毒、反雇用童工、反犯罪浪潮的泛滥，在巴基斯坦西北部区域积极推动教育、文化、体育活动、艺术和旅游业。为了能够尽量结识来自世界各地的朋友，他在行医之余，还兼任导游。

大而深邃的眸子镶嵌在他那张过于瘦削的脸上，不但显现不出迷人的风采，反而寓藏着几分心曲难解的奸诈；薄唇上那两撇浓黑的八字须蓄在泥褐色的皮肤上，非但显示不出潇洒的风度，

——

05

马希尔的家人
共同玩赏他所收藏的
长短枪支。

——

反而衬出了一种邈遐的气色。坦白说吧，马希尔最初给我的印象并不是很好的，然而，开始交谈不久，他的思想深度便彻底地改变了我对他的观感。最触动我心的，是他时常深入北部地区的贫瘠乡村中，免费为贫苦的小孩注射防疫针，并大量赠送维他命丸给他们。他说："行医者不应该只做病后的灭菌工作，实际上，事前的防范，更能造福人群。"现在三十岁的他，还是个王老五。不结婚，不是对婚姻患有抗拒症或是恐惧症，而是他认为在他的国家里，该做、可做、想做的事实在太多太多了，无暇顾及个人的感情。

　　由于开伯尔山口的治安实在不好，司机只在几个特定的景点停车，让我们下去看看，而每回下车之后，那位武装的保安员总会亦步亦趋地紧跟在后，唯恐一个不小心，我就会出其不意地在空气里蒸发掉。

最让我瞠目结舌的是：逛当地一个热闹的露天菜市，携妻带子去买菜买肉的许多男人，居然也身背枪杆！一个令我最为难忘的"镜头"是：一位约莫两岁可爱一如小天使的胖娃娃酣睡于父亲的肩膀上，嫩嫩白白的小手儿，不经意地抓着悬挂在父亲肩上枪杆那长长的皮带子，那把隐隐透着血腥气息的长枪，就晃在小娃儿头颅不远处！啊……天真与邪气、温馨与冷酷、美丽与丑恶、和平与暴力，就在寸许的距离里，毫不协调地交缠着。

车子在开伯尔山口驶着时，每隔一段距离，便有警察示意我们停车，检查护照。后来，在一个小山头的警岗停车接受检查时，一名警察和马希尔热烈地打招呼，嘿，两人是老相识呢！马希尔搂着他的肩膀，在他耳边悄悄地说了一阵子话，然后，转过头来，微笑地问我："喂，你可要试试装实弹开真枪的滋味和感觉？"我惊喜交集地瞪着他，一时竟说不出话来。他又说："你只要给他四十卢比（约合新币一元三角）买一枚子弹，便可以就地开枪了。"我迫不及待地掏了四十卢比给他。

站在景色苍茫的小山头上，手里的那支来复枪（rifle），非常沉重，好似托着的是一整个世界。马希尔站在我身旁，教我一些简单的开枪法则：枪托尾端必须贴近身体以减少开枪时的震动力，手势要稳、定力要强。我瞄准山下一块嶙峋的巨石，站稳、吸气，之后，死命一扳，"砰"的一声，惊天动地，震力之大、声音之响，使我的心脏麻痹了好几秒钟。

在开伯尔山，有枪支专卖店。短枪最便宜者三千卢比（约合新币一百元）、来复枪五千卢比（约合新币一百六十余元）；如果是名牌枪，动辄上万。

"在开伯尔山，枪支不但是自卫的武器，而且，它还成了富裕人家的收藏品，呃，就好像有些人收集邮票或古币一样。"马希尔滔滔不绝地说道："每当有喜庆节日或是结婚喜宴，当地人也总喜欢鸣枪助兴。"

车子继续前进，来到了一个有着潺潺流水而风景绝佳的地方，正好碰上另一车前来寻幽探密的人，五名彪形大汉，全是帕坦族，带着枪、带着黑市烈酒，叫嚣、歌唱，知道我和詹来自新加坡，居然将枪举向天空，一连发了三响，狂放地喊："欢迎你们！"

枪支，好像已成了当地人出门的配饰；鸣枪呢，是无聊时的消遣、是快乐时的喧嚣、是喜庆时的音响。

马希尔指出：根据当地法律规定：十八岁才能申请护照，但是，在开伯尔山隘，许多部落的孩子，仅仅十岁便已通过非法的途径而拥有枪械了。

中午，在一家古老的茶店喝茶。煮茶的老头儿，以精心铸造艺术品的心态和手势，慢慢慢慢地在快乐地跳着舞的火舌上烹煮香可蚀骨的巴基斯坦奶茶，一杯又一杯、一杯再一杯。大街上，卖假宝石的，化身为姜太公，静静地等；卖各种不知名草药的，以再世华佗自居，骄傲地等；卖羊的呢，把羊儿三三两两地拴在木箱旁，忧愁地等着与羊儿诀别。唯一忙得无暇他顾的，是那个修胡子的人（在巴基斯坦，几乎人人都留胡子），他把顾客的大胡子当成是一块布，左修修、右剪剪，之后，再为这块"肮脏的布"涂上清洁液，用小刷子反复地刷，刷出了满嘴满腮雪白的泡沫；还有挖耳朵的哪，挖耳那个人，心无旁骛地从事"挖掘工程"，被挖的人，全神贯注地享受"耳根清净"的快乐……

正看得出神时，马希尔嘱我们上路了。我把杯里剩下的茶喝完，掏出一百卢比给捧茶的年轻人，正想等他找钱时，冷不防他将钞票推还给我，以一种无可商量的口吻说道："我们这儿只收美金！"马希尔原已走向车子了，一听这话，马上冲了回来，喊道：

"强盗！要收美金？简直就是强盗！"对方目露凶光，马希尔不甘示弱地以如刀目光回瞪他。在当时那种热得连汗淌下都会烫伤自己的天气里，这场冲突，随时会爆发。说时迟那时快，持械的保安员适时地从厕所赶了出来，问明原委，代我把卢比塞在对方手里，好说歹说，勉强化解了那个一触即发的火爆局面。我们匆匆上车时，还听到对方生气地叫道："老贼，该死的老贼！"马希尔悻悻然地说："黑店！该死的黑店！"余怒未消，嘱司机倒回头，把车子开到刚才的警岗去，找他的老朋友投诉，要求他采取行动教训教训那间想把游客当肥羊的黑店。

那天，我们的车子一直开到与阿富汗交界的边境上。眼前，是一片灰蒙蒙的景象，几棵树，疏疏落落地散在连绵不绝的山峰上，孤寂而又凄凉，好似在为阿富汗连年不熄的战火默默哀悼。

帕坦族人 热诚好客

由开伯尔山回返巴基斯坦西北边境省城白沙瓦（Peshawar），已是下午三时了。原该与我们互道再见的马希尔，却热诚而又热情地说道：

"到我家来玩玩吧，我将让你们尝尝典型的帕坦族膳食。"

哇，想到可以"登堂入室"地走入帕坦族的生活里，我的眼睛立刻变成了中午的太阳——发光发亮。毫不犹豫地，我们跳上了一辆机动三轮车，风驰电掣地往他的住家驶去了。

曾在一本杂志里读及一篇文章，作者在谈及帕坦族时，生动传神地写道："帕坦族十分好客，他们宁可开枪让你吃子弹，也不会让你剥夺他们款待客人的大好机会。"

马希尔就体现了典型的帕坦族性格。彼此萍水相逢，但是，他却待我们如上宾。

　　他住的房子，占地极大，楼高三层，十多个房间，父亲、两个母亲、四个姐妹、十个兄弟，四个嫂嫂，全住在同一屋檐下，十分热闹。进入屋子后，屋内各人都趋前问候，场面异常温馨。

　　在会客室坐下不久，马希尔便对我说道：

　　"随我来，让你看看我的收藏品。"

　　在过道上左弯右拐地走了好一阵子，走入了他的卧室。他神秘兮兮地用钥匙打开了一个大大的木橱，我一看，便大大地倒抽了一口冷气：啊，枪！木橱里挂着、搁着长长短短、大大小小二十多把枪！中国的、美国的、德国的、俄罗斯的、巴基斯坦的，林林总总，性能不同、款式不同，五花八门，令人眼花缭乱。

　　看到我目瞪口呆的傻样子，马希尔忍不住笑了起来，说：

　　"枪，在我眼中，不是伤人的武器，仅仅

只是增添生活情趣的一种收藏品，你就别把它看得那么可怕啦！有时，我也利用它们去打猎，生活有点刺激，才不会闷坏啦！"

这时，他的侄儿和外甥也拥了进来，一个个伸手入橱取枪，人手一把，跳到床上，大玩特玩。想到许多手枪走火的意外事件，我忍不住问道："喂喂喂，你的手枪里面到底有没有子弹的？"他笑嘻嘻地答："有些有啦，不过，没有上膛，你别担心。"我一听，赶快逃出了房间。

楼下厨房，马希尔的姐妹们正在准备晚餐，我进去帮忙。她们教我做巴基斯坦烙饼——把和好的面倒在黑色的铁锅上，压上盖子，慢火烙它，我烙得太久，加上火候掌握得

07

——

瞧，
烙好的饼，
金光灿烂，
既好看，
又好吃。

——

08

——
卖羊的，
一脸沉重地等着
与羊儿诀别。

——

不好，烙出的饼，又黑又焦，人人狂笑不已，呵，真是快乐。那晚，除了烙饼之外，摆在桌上的菜肴，包括了羊油炒饭、羊肉咖喱、洋葱煎蛋、茄子煎饼。其中风味最佳的是茄子煎饼——在油里爆香切片的洋葱，倒入煮熟而捣成泥状的茄子，煎一会儿，再加入蛋液，煎成灿烂的金黄色，哇，那个勾魂的好滋味，让我的胃囊经历了好似地震一般的撼动。饭后，我们还吃了大量巴基斯坦盛产的水果，包括芒果、香蕉、哈密瓜、杏子、桃子和李子，饱得几乎喊救命。

饱餐之后，马希尔取出了一根短短的树枝，在我们好奇的注视下慢条斯理地刷牙，刷完之后，才自豪地说："凡用这东西刷牙的，都能保有一口好牙齿。"我看他的牙，果然洁白又整齐。他表示，这种树，在当地语言里，唤作"MUSAK"，内有一种特别的元素，能保护牙齿，长期用它，牙质特好。他夸张地说："连森林里的猛兽看到这么强硬的牙齿都不得不绕道而逃哪！牙医呢，曾千方百计地破坏这树的生长，因为这种树使个个牙医诊所门可罗雀！"一番诙谐的语言惹得大家嘻哈绝倒。实际上，在多年的旅行生涯里，我发现世界各地许多土著在应付日常生活时，都能以不同的方式表现出惊人的智慧。

晚餐过后，马希尔说：

"我已为你们安排了上好的娱乐节目——我请我的一位好朋友在对面的空地上为你们开音乐会。"

啊，这马希尔，处处以他的体贴和周到给我们带来一次又一次意想不到的惊喜！

与他的姐妹道别时，热情的她们为我的两只手腕戴满了闪闪发亮的手镯，左手的二十多只手镯是银色的，庄丽；右手的二十多只呢，是玫瑰红的，艳丽。我十分喜欢。在一阵阵叮叮当当的

——

09

在氤氲着
粪便气息的工地上
听音乐，
是一项新奇的经验。

——

清脆声响中，我依依不舍地步出了这幢豪宅的大门。

我们步行到附近不远的一个空地去。那是一个建筑工地，旧屋已拆，新屋未建，周围堆满了木条和砖块，一个灯泡孤零零地吊在没精打采的葡萄架上，散出一圈没神没气的光晕；一匹马不伦不类地拴在突兀地竖立着的木桩上，毫无修养地以马粪的恶臭气味任意污染四周的空气。我们坐在一张以粗绳结成的简陋木床上，等。这晚没风，马粪那令人恶心的臭味也因此而凝成一整团，顽强地凌迟我们的嗅觉。嘿，这真是全世界独一无二的最为奇特的"剧场"！马希尔住在附近的好些朋友也闻风而来，座无虚席。

等了约莫二十分钟，表演者才到。他坐在木堆上，细心地调手中的乐器。那个乐器，是由羊皮和木合制的，形状类似琵琶与吉他的混合物，所发出的乐声，既有琵琶的柔婉细腻，又有吉他的轻快豪迈。他很专心地弹，弹的全是帕坦族在喜庆节日上的欢歌，跳跃着的音符，像是一种发亮的细菌，在空气里飞来飞去，人一被沾到，整颗心便汩汩汩汩地流出一种熠熠地散着亮光的快乐……

啊，巴基斯坦！

原载于台湾《小说族》月刊

2001 年第 154 期

饮水有妙计

朋友知道我要到巴基斯坦旅行，善意地警告我，千万得注意饮水——当地水质不纯，凡饮用自来水者，没有人能够逃得掉生病的噩运；喝瓶装的矿泉水呢，却也不是百分之百安全的，因为市面上许多矿泉水是赝品。

在我动身之际，适逢巴基斯坦碰上多年未见的旱灾，土地寸寸龟裂，农夫欲哭无泪，一张张祈水的脸，苦若黄连。

在古城拉合尔，一下飞机，热浪便像着火的猛兽般，汹汹地扑面而来，人一被触着，便有一种自焚似的痛苦。

白天，四处参观，然而，往往走不一会儿，整个人，便惨惨地变成了一锅粥，黏糊糊、湿腻腻；空气呢，像一堵一堵密不透风的墙，死死地挡在面前，人燥得发昏，而喉咙总在这时发出"嗤嗤嗤"的声音，仿佛一张口便会喷出一大团一大团白白的烟气。

街上，有许多摊贩，坦坦荡荡地将一大桶、一大瓮、一大盆清清白白的水摆在面前卖。在猖獗嚣张的阳光底下，这些水，透透亮亮的、晶晶莹莹的，自炫自得地闪着一份不事修饰的诱惑，吸引了无数的行人驻足而饮。有些卖水人还"出奇制胜"地将大块大块宛若巨型水晶般的冰块放在圆形的铝盆内，有人光顾，便以尖尖的锥子猛猛地敲、戳、打，然后，把这一堆碎钻似的碎冰连同紧紧附在上面

10

——

人人分得

一杯水。

充分地体现出

"有福同享的可贵情谊"。

——

11

——

大块的冰，
闪着宛若钻石
一般的亮光，
在苦旱的天气里形成了
难以抵挡的诱惑。

——

12

——

卖水人
对着一瓮清水，
几只杯子，
好似对着一堆财宝，
露着心满意足
的笑容。

——

走路的云
用脚丈量世界，品味生命

的灰尘一起扫入杯子里，再舀入几勺浮沉着万千细菌的"清"水；买客喝下，正好可以考验考验自己对疾病的抵抗能力。

在巴基斯坦那些生活水准极端低下的小村庄里，许多人，尤其是孩童，绝不会花钱买水，他们直接到公共水龙头取水喝；那着实是一个考验耐性的地方——排队的人多如恒河沙数，可是，那水，却不肯合作，它不是"一股作气"地流出来的，而是"敝帚自珍"地一滴一滴淌出来的。装水时，干渴的感觉仅仅是喉咙里一朵小小的火苗，可是，水装满杯子时，那火，恐怕已将偌大的一个人吞噬了。

为防病倒于异乡，我采取了高度的防范措施——非矿泉水不喝，而矿泉水，都是购自店铺的"名牌货"，每天总得买上好几瓶，背在身上，好似背了几块石头。

后来，与旅途上认识的各国朋友交谈，这才发现，每个人来此旅行，在喝水这码事上，都有不同的应付策略。

一名澳洲人，自己携带"过滤器"，只要看到水龙头，便像遇到情人，双眼发亮地扑过去，贪婪地为他那特大号的水瓶注满清水，然后，再以那轻便的过滤器将水过滤，大喝特喝，羡煞旁人。

另一位英国人，在水里加入碘酊消毒，我试了，哇，好像喝药水，"宁为玉碎，不为瓦全"，渴死也不喝它！

有位苏格兰人，每一喝水，便从背包里取出盐罐，猛猛地往水杯里撒，他笑眯眯地说："盐可消毒嘛！"我怕吃盐太多对肾脏会产生恶性影响，不敢造次。

最妙的是一位性子活泼的美国人，对于一切小心翼翼的防范措施，他全都嗤之以鼻，只听得他豪放不羁地说道："管它干不干净，放胆去喝，泻嘛，就让它泻啰，泻一阵子，自然便能适应了，你看看当地人，有哪一个肯花二十卢比去买瓶矿泉水来喝的？又有哪一个人会麻里麻烦地搞那劳什子的消毒工作的？大家喝的都是自来水，不也全都长得高高大大、粗粗壮壮吗？"嘿嘿，说得极有道理，然而，说这话的这名"勇夫"却泻了七八次才能与水中细菌"和平共存"。我担心自己泻着泻着便泻到了极乐世界去，所以，不敢轻易尝试这个看似潇洒无比的妙法子。

在巴基斯坦，喝水喝得最为畅快的一个地方是那个被誉为"世外桃源"的地方罕萨。罕萨冰川处处，水源洁净，水质清纯，水味清甜，据说多喝、常喝、长喝，能延年益寿。刚到罕萨那天，上小店买矿泉水，邂逅了来自新西兰的一位背包旅行者，他骇然惊问："来到罕萨，你居然还买矿泉水来喝？你难道不知道这儿的水是全世界最干净、最好喝的？"我惭愧于自己的孤陋寡闻，回返旅舍，赶快扭开水龙头，盛水来喝。然而，流入杯子的水，居然是灰色的，像是欲雨的天空，肮肮脏脏，阴阴沉沉，纵是仙泉圣水，依然还是入不了口。后来，与一位来自日本而在罕萨住了两个星期的旅客谈起，她立刻授我以妙计。我从善如流，照做如仪，每天晚上将水倒在杯子里，让那一层灰色的杂质慢慢慢慢地沉淀，早上起来一看，哇，杯子上层的水，清澈澄净，透亮一如高山里的空气。一口一口地喝，那感觉，好似在啜饮山风哪！

离开了罕萨之后，我们又重新陷入了找干净水来喝的重重麻烦里，想起在新加坡那种一扭开水龙头便有澄清洁亮的饮水源源不断地流出来的幸福，心里的感触，特别强烈。

原载于台湾《青年日报》

2000 年 10 月 26 日

走路的云

用脚步丈量世界，品味生命

——

13

每一滴从公共
水龙头里淌出来的水
都珍贵如甘露。

——

—

—

-

活色生香的城市

　　每回一想起巴基斯坦南部的大城卡拉奇，脑子里的细胞便"轰"地一声活了起来。

　　真是一个热闹非凡的城市，每个角落充斥着避无可避的声音，每个空间充盈着辛辣刺鼻的气息，街头巷尾充塞着晃来晃去的人影，处处充满着花团锦簇的色彩。

　　走在大街上，整条街，都在声嘶力竭地呐喊。车与人，两不相让。人挡住了车子，车笛猛响，行人照走不误，于是，车笛响得更是厉害，一声接一声，全是催魂笛，可是，条条"失魂鱼"依然优哉游哉地在震耳欲聋的车笛声中好整以暇地"游"走四方。

　　与当地人交谈，发现他们说话时，声音大而响、语调急而快，好像是夏天里骤来的急雨旱雷，一阵接一阵，听得人一愣一愣的，霎时嫌爹娘少生一双耳朵，实在不知道该先听雨还是先听雷，有手足无措的忙乱感。偶尔对方在口沫横飞之余，还"忙里偷闲"地表演"飞痰功"哪，飞射出来的那一口又浓又黄的痰，连翻几个筋斗，掉在老远老远的地方，内功着实了得；最可怖的是那些"功力不足"者，口一张，痰一出，天女散花，雨露遍布。噫！

　　观赏当地电影，哇，大悲大喜，狂爱狂恨，七情上脸，毫不掩饰、毫不含蓄。表达情感的方式，坦白而又直接：一旦悲伤，便大哭大闹、要生要死；一旦快乐，便大喊大叫，狂

14

——

瞧，

这车子，

挤得几乎要爆了！

——

歌劲舞；两人动情时，便狂追狂跑，逮着后，就大搂大抱，痛快淋漓。电影画面，由始到终，都充满了令人眼花缭乱的大动作。

听当地流行音乐，百音齐响，每一种不同的声音都尝试超越另一种声音，那种赶集似的热闹劲儿，就算你把自己的三魂六魄全都释放出来，也难以将那满天飞舞的音符全都捕捉到。坦白说吧，如果白雪公主生在巴基斯坦，完全不必等王子来把她吻醒，单单播放一首巴基斯坦乐曲，她便会被那嘈杂得连灵魂也想逃走的乐声活生生地震醒，接下来的一百年再也睡不着。

至于色彩，更是精彩。

每个巴基斯坦女人的衣饰都是一幅色彩缤纷的现代画。那条飘逸出尘的披巾、那袭线条优美的长袍，还有，各类挂在颈上的项链、戴在腕上的手镯，色彩各异。这些毫不和谐的色彩，彼此激烈地相撞，轰轰烈烈地撞出了耀目炫眼的华彩。

交通工具也不甘示弱。最奇特的是巨型货车，车身无比笨重，偏偏装扮得花里胡哨，整辆货车，没有一寸"净土"，色泽斑斓且不说，最绝的是车沿处挂满了累累赘赘的铜饰，车子走动时，发出叮叮当当的声响，煞是好听。

食物呢，居然亦不甘寂寞，以色诱人。在熟食店中，盛在方形铝盆里的菜啊肉啊，全都浸在红的黄的棕的金黄色的酱汁里，浓浓郁郁、富富态态，令人一看便垂涎三尺。熟食店外，水果摊子一字排开，杏子、桃子、芒果、樱桃、苹果、香蕉，嫣红姹紫，嫩黄翠绿，鲜、丽、亮、闪，偶尔风来，那尖锐的香气便夹带着富饶的色彩，以一种铸造永恒记忆的决心，扑面而来、扑面而来……

原载于台湾《新生报》

2000 年 11 月 26 日

　　那长柄锅子，好似已用了上百年，黑得像死亡。原始的土灶，宛如千岁老人的脸，处处龟裂。极旺极红的火，从邋里邋遢的灶口兴高采烈地窜了出来，在沙尘飞扬的空气里开展成一片绚烂的金黄。煮茶的汉子，以惯性的动作将长柄锅子压在狂乱飞舞的火舌上，亢奋无比的火，热热烈烈地从锅子四周的缝隙拼命地挤出来，将无辜的锅子烧得痛苦不堪，滋滋直叫。

　　接着，煮茶汉在锅里注入水，抓了一大把茶叶，摊开掌心，眯着双眼，审视。确定茶叶里没有掺入其他杂质之后，才慎重地把茶叶撒进热水里，猛猛地煮，煮它一个天翻地覆、煮它一个淋漓尽致。大团大团的烟气迫不及待地扑了出来，煮茶汉把勺子伸进锅子里，搅，搅搅、搅搅搅，搅得它精华尽出、搅得它异彩流溢。经过这一番心狠手辣的翻搅后，茶叶里蚀人心魂的香味，慢慢慢慢地释放出来了。

　　起初，茶香一缕一缕，细细薄薄的、朦朦胧胧的，像高山的雾气、似海上的晨曦，浪浪荡荡地流泻一地、潇潇洒洒地弥漫一街；这时，昔日那隽永如茶而短若朝阳的恋情、那芬芳若茶而永不褪色的友情、那晶亮如茶而恒远贴心的亲情，就在这撩人遐思的茶香里，一则一则、一桩一桩、一份一份，鲜亮而又鲜活地在沉睡的记忆中苏醒。也许快乐、也许惆怅，

15
——
巴基斯坦的
煮茶汉
以雕塑艺术品般的
虔诚心情烹煮
奶茶。
——

走路的云
用脚步丈量世界，品味生命

——

16

那长柄锅子，
好似已用
了上百年，
黑得像死亡。

——

也许悲伤、也许遗憾；然而，你在敏锐地感受着的同时，你亦清楚地知道，你在活着，具具体体、实实在在地活着。

茶不醉人人自醉，正当你痴痴迷迷地沉湎于尘世百思时，茶的香味，越发浓郁了；愈煮愈浓，愈浓愈香；原先那若有若无的"雾气"，明目张胆地化成了大朵大朵流浪的云；那曙光初露的"晨曦"，坦坦荡荡地变成了金光四射的旭阳；那股浓香啊，丰满到了极致，怔怔忡忡地闻着时，有"温香软玉满怀抱"的虚幻感。煮茶汉见时机成熟，便在"嘟嘟嘟嘟"地沸腾着的茶里加入糖、加入奶，锅里袅袅升起的烟气，全被染成了如黄金般的颜色。

"大功告成"的茶，被煮茶汉一勺一勺地舀进了杯子里。杯子，被岁月咬伤了，大大地缺了一角；杯沿和杯壁，厚厚地染着一层污黄的茶渍；然而，饮茶的人，视而不见。茶店周遭，污水横流，蚂蚁乱乱爬，苍蝇密密飞；可是，饮茶的人，浑若不觉。他们喝的是液状的夕阳，一种会让他们双眼发光、生命发亮的液体。

在巴基斯坦，煮奶茶、喝奶茶，是艺术、是国粹、是生活、是享受。浓到极致的奶茶，在这禁酒的国度里，超级便宜，一杯才三卢比（约合新币一毛钱），人人喝得起。所以，闲来无事时，他们喝；忙得分身乏术时，也照喝不误。回家后，泡茶喝；外出时，买茶喝。随时随地，要喝便喝。茶摊处处有，茶香处处在。只要一茶在手，他们的话题，便源源不绝。国事、家事、情事，都在谈说议论的范畴内。当山岚般的茶香凝在舌尖上时，由他们嘴里流出来的话，便有了更多的宽容、更多的温情……

原载于新加坡《联合早报》
2000 年 9 月 19 日

在巴基斯坦南部大城卡拉奇，住在闹市里的一间小旅舍。

每天早上，总有奇香袭梦，那香，是那么的浓、那么的强、那么的近、那么的活，硬生生地将缠在身上那份虚无缥缈的朦胧睡意驱赶殆尽。

翻身坐起，趴在窗口，看。

啊，那人，又在烙面饼了。

古老得好似天方夜谭的石砌炉灶，烧得通红通红的，他以灵活的手势飞快地将圆形的面团压得扁扁的，再以长柄木勺把它送进炉灶里，烤它一个天翻地覆。朴素无华而又缠绵悱恻的香味，就这样一点一点地从炉灶里溢出来、溢出来了。烙好的饼，圆圆大大，金光灿烂，好似天上的一轮满月抵不住人间的诱惑而好奇好玩地飞落到地上，有掩抑不住的笑意。然而，比那大饼更快乐的，是那些吃饼的人。他们站在苍蝇飞绕的小巷里、蹲在污水横流的沟渠旁、坐在沙飞尘扬的马路边，吃那刚刚出炉的烙饼。将饼撕成小块，蘸着辣辣的酱，细眯着双眼，好似品尝稀世珍品般，咂嘴咂唇地吃，心无旁骛地吃，吃得大汗淋漓、吃得眉开眼笑。夏天的阳光，在无云的天空里，像是骤来的洪水，哗哗流泻，饱得心满意足的人啊，就在这处处撒满碎钻似的阳光里，揩嘴、抹汗，快步走出小巷，快快乐乐地干活去了。

——

17

巴基斯坦人

在那古老得

宛如天方夜谭的

石砌炉灶里，

烤出一个一个圆得

好似月亮的烙饼。

——

走路的云
用脚步丈量世界，品味生命

生活的旋律，单纯而又和谐。每天侧耳倾听这阕生活之曲，心里的那根弦，总是被温柔地牵动着。

渐渐地，和当地人的接触多了，也认识了一些饱学之士。

有一个晚上，在一家装潢华丽的餐馆，巧遇一位不久之前邂逅于长途公共汽车的大学教授费迪南，大家欢欢喜喜地共坐一桌，共用晚餐。圆圆大大的烙饼，娇娇贵贵地裹在一方花里胡哨的餐巾里，有着一种高不可攀的漠然，还有，一种凛然不可亲近的傲气。餐桌上，点着一盏红艳艳的莲花灯，远看像是浮在半空中一只布满红丝的眼珠，给人的感觉是阴森多于浪漫、诡谲胜于美丽。香料特浓的肉汤端上来时，我们和费迪南正谈及印度和巴基斯坦北部疆土那悬而未解的克什米尔主权问题。费迪南站在巴基斯坦的立场上，发表了许多偏激的言论，而当他数落敌方的种种不是时，那双被仇恨之火熊熊地燃烧着的眼睛，也幽幽地闪着一种令人毛骨悚然的、好似鬼火一样的绿色的光，冷的、硬的、阴的。当我的目光和他相碰时，我不期而然地打了一个寒噤，赶快低头喝汤，顺手解开餐巾，取出烙饼。那饼，圆圆大大，黄黄褐褐，像是不小心掉落到龌龊河水里而被溺毙的月亮，平平地摊着，冷的、硬的、阴的。噫，是月亮的尸体呢！

原载于台湾《青年日报》

2002 年 10 月 25 日

面具

那天早上，走在卡拉奇的大街上，风像被煮沸了般，一下一下地烙在身上，有一种被轻微烫伤了的感觉，所以，当那堆满一脸笑容的胖子欺近身来，问我们要不要坐他的计程车到处去逛逛时，我们忙不迭地点头。议定付四百卢比（约合新币十三元），租车两小时。

车上，莫名其妙地坐了一个白发老头，司机说："他是你们的导游，待会儿请你们给他一点小费。"詹摇头拒绝，"我们不需要导游。"他置若罔闻，发动引擎。唉，贼船已上，多说无益。

告诉他，我们要去真纳的坟墓瞻仰这位巴基斯坦的一代伟人，还要去看他的屋子和他曾就读的学校。真纳曾为巴基斯坦的独立而奋斗多年。巴基斯坦刚独立时，定都卡拉奇，由真纳出任临时政府的第一任总理。

导游话不多，倒是那司机，说得一口极为流利的英语，一路上将真纳许多耳熟能详的事迹如数家珍地告诉我们，尽管我们早已在书里将有关的资料读得滚瓜烂熟了，但也不打岔，任由他说，偶尔他提及一些书本不曾记载的"秘闻"，倒也让我们听得津津有味。

参观过了我们所指定的几个地方后，他兴致极高地说：

"巴基斯坦有好多闻名于世的手工艺品，你们如果不买一些回去，就等于是入宝山而空

走路的云
用脚步丈量世界 品味生命

手归啊！我载你们去一个地方，那儿样样都有，价格又特别便宜，你们可以大买特买！"

旅行经年，购物欲早已降至零点。人生苦短，又有什么东西可以永恒地保存的？

摇头婉拒，他再三游说，我们再三拒绝。他见抽取佣金的希望成了泡影，原已黑得"伸手不见五指"的那一张脸，此刻，更像是煮焦了的锅巴一样，黑不见底，好似刚才的笑容仅仅只是贴在脸上的一副虚假面具而已。他闷声不语，高速行车，车龄不小的旧车在风驰电掣下发出了令人惊心动魄的古怪声响，途经真纳的纪念碑，我们要求他停车让我们下去看看，他居然粗声粗气地应道："没时间了！"在高速之中，他不顾安全，进一步加快油门，把纪念碑远远地抛在后头。

回到市中心，给他四百卢比，一如所料，他要求我们多付四百"导游费"，原想不付，可是，看到他那一双凶光毕露的眼，只好破财挡灾了。付了钱后，看着那绝尘而去的车子，好似不小心吞了一只苍蝇，心里的不适，达于极致。

第二天，我们想看的几个景点，散在卡拉奇东南西北各处，距离极远。搭公共交通工具嘛，耗时费事。决定雇一辆计程车，结果呢，根本不必费心去找，从旅舍走出来不久，便有人趋前兜生意："三小时，五百卢比！"哇，比昨天便宜！一谈即合。

一上车，便又令人生气地看到一个"随车附送"的"导游"。原想下车，可是，导游的满脸皱纹和满头华发使我心一软，只好照"收"如仪了。

可叹可恨的是：这司机，比昨天的更不敬业。议价时，我们想去哪儿，他都满口承诺："没问题没问题，好好好，行行行，可以可以，绝对是可以的。"车子一发动，便什么都有问题、什么都不行、什么都不可以了。去清真寺？他说："哎呀，人实在太多了呀，地方又大，一挤了进去，没有一个时辰是出不来的！"去渔市场？"唉，那个地方是由海军管辖的，不准拍照，十分严格，去了也是白去哪！再说，都是捕鱼的船，船上都是鱼，又有什么好看呢？"说着，似笑非笑地瞅着我，"夫人，难道你没有看过鱼吗？"去海畔？"噫，沙滩黑黑的，很脏哪！"骆驼市集？"现在是六月，根本没有开放呢！"我以高度的好修养憋着气，问："那你认为有什么好地方可以看的呢？"他一听，便眉飞色舞，"有有有，有个地方，卖地毯，一流的图案设计、一流的手工！货色齐全，选择性高，带你们去买。"我冷冷地应，"我家太小，铺不了地毯。"他见风转舵，"那就买挂毯好了。"我应，"不喜欢在墙上挂东西。"他一点都不气馁，续续游说，"皮衣、毛衣，也是巴基斯坦的名产。"我说，"新加坡没有四季，这东西，再有名，也没用！"他再接再厉，"那么，买首饰、珠宝……"我不想再与他瞎缠了，快刀斩乱麻地说，"你让我们下车吧！"……他生气了，他居然生气了，"这也不要、那也不要，你到底要买什么？你说！"我语调平和地说，"什么都不要买，我们只要去清真寺、大渔场、海畔、骆驼市集。"他灰头土脸地升了白旗，如实照办，可是，我这一生，从来也不曾看过一个脸色比他更糟的人。短短三个小时的行程结束后，他又不出所料地厚着脸皮向我们讨取导游费……

第三天，出门，有人欺近身来，甜腻的笑意泛滥一脸："先生、夫人，坐车逛卡拉奇，三小时，四百卢比？"在那一张笑意盎然的面具下，我清清楚楚地看到一张虚伪狡猾的真实面孔。

如见鬼魅，绕道而逃。

在街角处，看到遍布巴基斯坦全国那种外形小巧而灵活如风的三轮机车，立刻快活地跳了上去，对司机说："到博物院去！"
笑容可掬的司机二话不说便开动了车子，小小的三轮机车在横街
窄巷里穿梭来去，由于没门没窗，沿途无限好风光一览无遗：无
家可归而又处处为家的牛只悠悠闲闲地徜徉觅食，嗜辣的巴基斯
坦人以堆积如山的辣椒点燃一季的亮丽，无所事事的中年汉子在
水烟的浓香里沉浸于虚无缥缈的境界内，还有哪，理发匠和剃须
佬也在路旁心无旁骛地施展他们绝妙的手艺。车子不绝地奔驰，
我们不停地浏览，抵达目的地时，脑子里已无比惬意地装满了一
帧又一帧满溢生活气息的图景了。长达三公里的路程，才收费
三十卢比（约合新币一元）而已。

从此，出门只坐三轮机车。便利廉价且不说，最重要的是：
司机不戴"面具"，真真实实、坦坦荡荡，不欺、不骗、不诈；
身为乘客的，坐得安心、开心而又舒心！

原载于新加坡《联合早报》

2000 年 11 月 14 日

洒脱

当月亮从群山中飞跃出来时，黄昏还不太老，就在这一片暮色朦胧而夜色未来的暧昧景致里，我看到了她。穿着一袭褪色的巴基斯坦传统服装，蹲在路边，吃竹枝串烤牦牛肉。我也蹲了下来，对那烤肉的说："给我四串。"她转过脸来看我，那一整排不甘寂寞地暴露在上唇外面的牙齿，星星点点地溅满了友善的笑意，伸手从身旁的纸袋里取出一个巴基斯坦面包，撕了一大块，递给我，说："这烤肉串，很咸哪，配面包吃吧！"

这位名字唤作陈水丽的女子，来自台北。原本在一家贸易公司里工作，天倦于大都市尔虞我诈的勾心斗角，辞职不干，计划以一整年的时间游览巴基斯坦、尼泊尔、孟加拉、印度、黎巴嫩等国。使我惊讶的，倒不是她独身上路的这种勇气，而是她丝毫没做准备便云游四海的这份随意。她向我坦言：出发时，她身上只带备了几本薄薄的旅游手册，到了目的地后，便入住青年宿舍，在那龙蛇混杂的环境里积极交友，从不断的攀谈中寻找最新的旅游资料。她得意扬扬地说："你读的是孤独行星的旅游指南，但那是去年出版的，我呢，从别人口中套问的，却是昨天或今天的资料，新鲜而又准确哪！"她没有任何固定的旅游计划，全凭感觉走，走到哪儿，乐到哪儿。由于她打算在外"浪荡"一整年，所以，随意挥霍时间，

走路的云
用脚步丈量世界，品味生命

有时，喜欢一些小村庄淳朴的民风，在那里一住便是十天半月。

年轻，又是单身女子，独自上路，难道不担心安全问题吗？对此，她哈哈大笑，暴突的门牙，关不住飞喷的唾液；好不容易止住了笑声，才豁达而又坦率地说道："你看看我这副尊容，难道还有人会劫色吗？"说着，又拉起了衣服的下摆，向我出示几个大大小小的破洞，说："瞧，这衣服，是我用三十卢比（约合新币一元）在旧货摊买来的，你想想，怎么会有人想要抢劫一个衣衫褴褛的人呢？"一番幽默风趣自我调侃的话，惹得我喷饭。接着，又说了一则笑话："我到巴基斯坦的第一天，到钱币兑换商处换了两百美金，哇，足足有一万多卢比哪，厚厚重重的一大沓，好像砖块。我用白布包好，绑在肚兜上，再穿上这长袍，活脱脱一个孕妇的样子，去搭公共汽车时，当地人都自动让座呢！"说毕，又是一阵快活的笑声。

吃过了烤牦牛肉串之后，我们相偕到附近的小店去买水果。我买樱桃，她却买了一大颗包菜和几大束菠菜，笑嘻嘻地说："我昨天以切碎的包菜和菠菜为馅，用巴基斯坦的薄面饼裹成斋饺子，在油锅里炸得香香的，宿舍里的洋人一个个吃得神魂颠倒，拼命央求我再炸给他们吃。明晚，你来，我们一起吃，如何？"很想答应，无奈明天一早便离此地去了，只好惆怅地在路口与她话别。

看着她一蹦一跳地朝宿舍走去的身影，我心想：这女子，活得可真洒脱啊！

原载于台湾《青年日报》

2001 年 2 月 4 日

她心里挂了颗钻石

六月的巴基斯坦，以超乎寻常的酷热，催出了一树又一树热情如火的樱桃，颗颗硕大、艳红、浑圆，毫无瑕疵。无风时，满树皆是安静的甜蜜，像初恋女子风情万种的眼波，那种诱惑，让人心旌动荡；风来时，它不肯静静听风，眼波乱飞，红光乱闪，击破了绿叶的单调、驱逐了夏天的沉闷。

就在这一整排樱桃树下，我看到了她。

不年轻了，直直的头发，不甘寂寞地染成了亮丽的褐色；然而，方形的眼镜却全然框不住眼尾那一团丝毫不肯妥协的皱纹。她有气没力地走着，樱桃树的点点艳红如雨般落在她脸上，为她苍白的脸制造了几分虚假的艳色。

"嗨！"我主动和她搭讪，"您从哪儿来？"

"嗨！"她应，声音柔和，"我是加拿大籍的日本人。"

一同迈进这间普植樱桃树而又名唤"樱桃"的餐馆，见她无伴，便邀她同坐，她欣然同意。

大家点了一样的菜：炸春卷、烤鸡、菠菜。

现年六十一岁的铃木富美子，是电气工程师，三十年前从日本移居到加拿大去，一直独身未婚。几年前退休后，便开始周游列国，打发闲暇。去年，到巴基斯坦旅行，与当地人交谈，知道他们严重缺乏师资，于是，便在今年投入义工的行列，到巴基斯坦北部的小村庄服务。然而，到了那儿，她才发现：比师资更为缺乏的是图书，于是，她积极投入图书提供服务。

"巴基斯坦北部我落脚之处，总共有二十九所学校，学生总数有四千余名。我帮助他们设立了一所流动图书馆，学童每个月缴交一个卢比的图书费，总数便有四千多个卢比（约合新币一百三十三元）的图书基金了。流动图书馆每个月一次将图书分别送到散布在多个村庄的二十九所学校去，月尾再去收回来。"

流动图书馆的设立，全面地为当地的学童积极地培养起健全的读书风气，也为原本许多好学的学生提供了诸多便利。唯让铃木富美子觉得忧心而又操心的是：经费不足，书籍更是不足，于是，她频频自费从加拿大邮购了大量科技方面的书籍。愈购愈觉不足，尽管这是一个永远也填不满的深渊，可是，铃木富美子还是心甘如饴地往内拼命地填，填呀填的，填得不亦乐乎。

铃木富美子初到北部村庄时，北部人民生活的极端穷困让她震惊不已。

北方冬长夏短，气候不佳，可耕地少，土壤又贫瘠，粮食只有小麦和马铃薯两种，水果呢，就只有苹果和杏子。铃木富美子寄居在农民家里，膳食和他们一样，只吃面饼、喝牦牛奶茶。餐餐如此，天天如是，几个月下来，患上了营养不良症，全身气力好似被吸尘机吸掉一样，一点劲道也没有。于是，只好南下，到物产富饶的小城罕萨，好好休养几天，兼采购干粮。

她苦笑着说：

"过去，被大鱼大肉宠坏了，实在适应不了那种除了面饼和牦奶之外啥也没有的生活。"

这时，我们点的食物端上来了。

老老实实地说吧，这样难吃的食物，一生难得几回。春卷的皮，厚得好像一堵墙壁，整条浸在一团腻腻的油里，里面裹的居然是马铃薯！菠菜被冤哉枉哉地捣成了烂泥状，阴阴沉沉的深青色，味道好似糜烂的草。烤鸡呢，不明不白地涂上了橙色的腌料，一咬，满嘴都是让舌头打颤的怪味。每样东西，我只浅尝一口，便无法再吃了，然而，铃木富美子却吃得津津有味，一边吃，一边赞不绝口："嗳，好久好久没有吃过这样美味的东西了！"在这一刻，我完完全全相信，铃木富美子是真的饿坏、饿瘪、饿惨了！

北部村庄给予铃木富美子的第二个震惊是：尽管贫无立锥之地，可是，家长都很注重孩子的教育。山区交通不便，许多孩子都必须走很长的路去上学，可是，大家都毫无怨言。也许正因为太穷了，大家都把希望寄托在教育上，一心认定这是下一代改变生活的唯一途径，所以，孩童的求学率居然高达百分之百，这和巴基斯坦其他地方适龄学童只有百分之三十去上学的情况相比，不啻有天渊之别。最触动人心的是：那些缴不出学费的父母亲，常常将自家所养的珍贵如金的鸡只和在他们眼中犹如珠宝的鸡蛋送到学校去，取代学费。

北部村庄有个叫人极为感动的现象：地方凝聚力强——到外地去深造的莘莘学子，都肯、都要、都愿回乡工作。

铃木富美子以手托腮，以高度赞许的口吻说道：

"有个家庭，八个孩子全都大学毕业。其中除了念工程学和读会计学的两名孩子留在卡拉奇工作之外，其他六个孩子，全在毕业后回返村庄当教师。坦白说吧，他们如果选择留在大城谋生，肯定能赚取较高的薪酬，可是，他们却怀着造福家乡的愿望，一一回来了。"

这样的情况，深深地打动了铃木富美子，使她无怨无悔地为推动当地的教育工作而付出、付出、再付出。

我由衷地向她表示钦佩，她淡淡地说：

"有些人，喜欢把积蓄用来买钻石，终日戴在身上；我呢，买的也是钻石，不过，是无形的那种——我把它长年长日挂在心上，它永远发亮，永不遗失。"

原载于台湾《中国时报》

2000 年 9 月 16 日

乌托邦之曲：记巴基斯坦的街头艺人

浸在盛夏膨胀的溽暑里，六月的巴基斯坦，活脱脱像是一只喷火的兽，喷出的熊熊烈火，将人熏得头昏眼花，喉咙干得"嗞嗞"地冒着袅袅的烟气。

一脚高一脚低地走在北部大城拉瓦品第（Rawalpindi）坑坑洼洼的马路上，惊异地发现，邋遢竟也能够成为一个地方令人难忘的负面特色。嘿，真是脏。马路两旁的屋子，好似一排排饱受虫蛀的牙齿，破破烂烂、污污黑黑、参参差差，远看近看都像废墟，偏偏处处人影晃动，屋屋都人满之患。水果摊上，切开的西瓜，一片红中万点黑，上面，满满满满的都是不请自来的苍蝇。干涸的沟渠里，不甘寂寞地躺着各种各样干的和湿的秽物；自焚似的空气，氤氲着一股股令人反胃的臭气。

走着走着，突然，眼前一亮。

有七八名巴基斯坦人，在路边，或蹲或站，身上穿着一式一样的服装，手中拿着各式各样的乐器，脸和眼，都在笑。

他们是巴基斯坦的街头艺人。每逢星期五和星期天，他们都风雨无误地等在路边，等待家有喜庆者或举行舞会者前来邀约他们上门表演助兴。如果有行人或游客希望借助于轻快的音乐洗涤洗涤为诸般俗事污染的心灵，也可以要求他们在人潮络绎不绝的大街上来个即兴演奏。

——

18

巴基斯坦艺人

快乐地

在街头

载歌载舞。

——

街头艺人的
整个世界，
就浓缩在辣椒的
咖喱汁和圆圆的
面饼里。

我们驻足而观。

笑意，立刻由他们的脸和眼源源不断地泛滥到手与足去。他们各就各位，一二三，开始！敲锣、打鼓、吹笛，一名约莫十岁的少年，以柔若无骨的身子，在四处飞溅的音符里摆手扭足地大跳其舞。音乐，花团锦簇般热闹；少年，如鱼得水般快乐，身上那一袭耀目的黄袍，在他如蛇般舞动时，化成了一道道飞跌在地的阳光，闪闪烁烁，变成了蜿蜒在山的小溪，晃晃荡荡。在这一刻，人间一切因贫穷而带来的痛苦，因肮脏而带来的疾病，全都隐没不见了，在快乐的旋律里，我们只感受到阳光的明媚与溪水的明快。那是浊世中的清流、沙漠中的绿洲，精神的永乐园、心灵的避难所呵！

曲终舞毕，给了他们一百卢比（约合新币三元三角），这是比市价多了足足一倍的酬劳。

走路的云
用脚步丈量世界，品味生命

由拉瓦品第飞赴南部大城卡拉奇（Karachi），这是一个骚动不安的大城。盲流与失业、抢劫与扒窃、欺骗与暴力，是阳光底下一道一道清晰可见的阴影。

一夜，外出。这晚，无星、无月，疏疏落落的街灯，像个个沦落天涯的浪荡汉，无精打采，黯淡无光。

走着走着，突然，眼前一亮。

路边，蹲着三名巴基斯坦人，身上穿着一式一样的服装——闪闪发亮的黄袍外面罩着绣上玫瑰色图案的小外套，手中拿着圆而扁的巴基斯坦面包，蘸着马铃薯咖喱，津津有味地在吃，吃着时，脸和眼，都在笑。在此刻，偌大的世界，缩得小小小小的，整个世界里，就只有那圆圆的面包，还有，圆圆的碗里那辣辣的咖喱。快乐，近在眼前，可触、可摸。

我们一驻足，他们便揩嘴、拭手，站了起来，取鼓、取小喇叭，击鼓者立、吹喇叭者坐，一二三，击鼓声与喇叭声齐齐响起，击鼓者进退有致、旋转自如，吹喇叭者摇腿、晃头，如入无人之境。哟！那种活色生香的快乐啊，就近在咫尺，具体、实在。

唉，他们以音乐换取面包，在音乐中吃面包、吃面包时想音乐，生活，是一加一等于二那般的简单；没有阴影、没有忧虑、没有恐惧、没有哀伤。

他们演奏的曲子，有个人人向往的曲名——《乌托邦之曲》。

原载于台湾《联合报》

2001 年 1 月 25 日

渔网罩不住的鱼

这信，来自日本。一看到信末的署名"森幸惠"，快乐便像骤来的彩蝶，翩然飞驻于心湖上。

信里，她说：

"离开巴基斯坦之后，我乘搭火车到印度去。在北部克什米尔呆了一阵子，觉得风光十分美丽，但是，并没有特别的感觉。倒是加尔各答，我很喜欢，那是一座活的城市。活的。处处跃动着生活的脉搏，处处都是气味、声音，还有，人。

"我在新德里认识了一个在籍大学生卡都比尔，住在他家里，教他母亲炸日本天妇罗，他们全家都吃得津津有味，我还帮他们大扫除，做清洁工呢！闲时和卡都比尔玩板球，他的板球棒极了！有时，我们也去河边钓鱼，有一回，钓了好多好多大鱼，送到餐馆去，嘱厨师代我们烹饪，剩下吃不完的，便送给餐馆，结果，那一餐，免费，真是乐疯了！

"我已学会了吃辣。开始时，十分辛苦，那种辣，简直让人叫救命，好像不小心吞下了一把熊熊燃烧着的火，由喉咙一直一直烧到肚子去，连胃都给它烧开了一个大窟窿，灌了十桶水也不够。但是，现在，我已能面不改色地一口辣椒一口面包地吃得不亦乐乎了。至于那种小小的指天椒，我还不敢染指，听说能穿肠过肚把功力不够深的人活活辣死呢，你试过吗？

"泰姬陵当然去看了。每个人都说这是一座见证伟大爱情的建筑物，可是，可是，坦白地告诉你，当我看到这座美得无懈可击的'建筑尤物'时，我心里想到的却是广大民众的血和汗，每一块闪着爱情光泽的大理石上面，都粘着许多蠕动的生命。如果说对一份爱情的哀悼要牺牲无数的生命来呈现，那么，这样一种呈现感情的方式，又有什么意义呢？

"在印度逗留了一个月，现在，我又回返了日本。生活回到了原来的轨道：白天到学校去当心理辅导员，晚上，到餐馆当侍役。为另一季的旅行而努力工作、努力存钱。

"我们俩连续几夜在那所为群山环抱里的小旅舍里促膝长谈，是我记忆里美丽的永恒。

"啊，几时我们才能再次缘续异乡？"

信是以英文写成的，文法错误百出，甚至连拼音都有许多谬误，完全不似她口语的流利，可是，她敞开心怀来写，洋洋洒洒地写了好几页纸，通过毫不优美但却绝对清楚的表达方式，说出了她心里的话。读着时，她那张秀气细致宛若上好瓷质娃娃的面孔也不绝地跃动于字里行间。

我是在巴基斯坦邂逅森幸惠的。

在被誉为"世外桃源"的罕萨，下榻于一所风景绝佳的旅舍。楼高四层，每层只有两间房。房间之外，有一个两户共用的阳台，很大、很宽敞。一走进阳台，整个人便不由得大大地倒抽一口冷气，啊……那山，那些山，气势磅礴的、古老苍劲的、妩媚多娇的、壮丽巍峨的，就在一个仿佛伸手可及的近距离里，绵绵叠叠地蹲着、坐着、站着、卧着，这种被群山整个地揽在怀里的美丽经验，着实新奇得无法言传。一有空，便趴在阳台的栏杆上，看；悠悠然地进入了"时而千思、时而无思"的境界里。

一日，倦游归来，又去阳台坐。阳台不寂寞，有个女子，倚着栏杆，含笑看山，山亦回望，正是"我看青山多妩媚，青山见我应如是"。在层山叠峦的朦胧灰影中，她回眸看我，微笑。眉清目秀的一个可人儿，好似活脱脱地从画里走出来的。

她就是森幸惠。

叫人难以置信的是：这女子，竟是单身只影到巴基斯坦来旅行的；而在这之前，她已独自"闯"过了十六个国家。

"我第一次外出旅行，是和我的至交好友到土耳其去。一个月后，旅行结束，友情也跟着结束了。"她以惆怅的语调说道："一起旅行，是人性的考验，也是友谊的试金石。在长达一个月的旅程里，我们彼此嫌弃。比如说，我们都爱逛街，但是，我逛街，为的是和当地人接触，她呢，一心只爱购物，她骂我古怪，我说她庸俗，吵着吵着，两人就不再说话了，好像闷在一只麻包袋里走路呢，好不辛苦！"

从此之后，下定决心，只和自个儿的影子结伴上路。

"一个人，海阔天空，要做啥便做、想看啥便看，无拘无束、无羁无绊。身体是自由的，心也是自由的。"她娓娓地说："虽然我身边没有一个固定的旅伴，可是，旅途上认识的每一个朋友，都是我的旅伴。"

询及安全问题，她缩了缩鼻子，笑着应道：

"我大学主修心理学，有观人于微的本领，再加上百试不爽的第六感，从来不曾有遇人不淑、误上贼船的经验。当然，许多时候，我也小心地采取了防范措施，比如说：晚上十点过后，绝不出门；偏僻的地方，绝不涉足。"

旅行多次，唯一的"不幸"是在波兰的火车上被邻座的陌生人偷掉了相机，结果呢，她反而从中培养起一个新的"人生哲学"。她得意扬扬地说：

"我现在旅行，不再用普通相机拍照了，我用脑子进行摄影，拍出来的照片，永不遗失。如果岁月使它褪色，我便再去一次，刷新记忆。这些无形的照片，全无储存的麻烦哪！"说来好笑，森幸惠认为旅途上最让她反感的事居然是"有男人抢着为她背行囊"。她说："这是我自己的行李呢，为什么不由我自己来背？男女平等的口号喊了那么多年，可是，男人单枪匹马看世界，人人觉得是理所当然的，然而，女人独身出门，许多人却大惊小怪地视为异象，由此可见，一般人还是未能摆脱女人是弱者的印象——尤其是在男人至上的日本社会里，妇女解放运动很难取得真正的成功。可是，话说回来，妇女未能真正解放的绊脚石，其实往往就是女性本身。就以我姐姐来说，她就完完全全遵守着传统日本女性的生活方式来过活，一结婚，便退出工作岗位，心甘情愿地扮演相夫教子的角色。她和我母亲，都认为我的独身走天涯是离经叛道的行径呢！"

传统是桎梏，许多饱受教育的女子都摆脱不了它的束缚；可是，森幸惠却成功地挣脱了社会重重的约束，漂亮地活出了一个完整的、完全的、完美的自己。

她是一个不按牌理出牌而又活得快乐自在的现代女性。

离开罕萨之后，我们不期而然又在南部大城卡拉奇碰面。当时，她穿着一袭传统的巴基斯坦服装，鲜亮的橙色，低着头，行色匆匆地在路上走着，那天有风，长长的肩带在风里飘逸地飞扬，好似浮在半空中一道单色的彩虹。

我高兴地唤她："喂，森幸惠！"她抬头，看到我，惊喜地叫了起来："啊，是你！"随即扑上来抱我。我约她一起吃午餐，她看了看手表，说："不行呀，我姐姐每天只有在下午两点孩子睡午觉时才有空，我必须赶去和她聊聊。"我惊诧地反问："你姐姐住在卡拉奇啊？"她"噗嗤"一声笑了起来，说："不是啦，我是在互联网的聊天室里和她谈天的。你知道吗，在电脑训练课程学校租电脑，每个小时才收费二十五个卢比（约合新币八毛）呢！比网络咖啡室便宜好多！以前，一离开家门，便有一两个月变成断了线的风筝；可是，现在，互联网却把整个世界的距离大大地缩短了。"说着，她可爱绝顶地缩了缩鼻翼，续道："过去，一出家门，家人便鞭长莫及，现在呢，通过互联网，他们步步追踪，我简直就成了一尾网中鱼哪！"

说着，这尾滑不唧溜的"网中鱼"快活无边地游走了。

这是一尾任何网也罩不住的鱼。

好几年前，曾有朋友送了我一本伊朗的摄影册子，漫不经心地翻开，然而，只一看，当场便怔了、痴了、呆了。那山、那河、那田、那地、那砖、那墙，全都"深不可测"地染着悠长岁月沧桑的味儿，历历分明地留着悠远历史斑驳的痕迹，古老、古气、古雅、古朴，看着、看着，我的心，遂化成了一片轻轻轻轻的云，飘得老远老远的……

去伊朗旅行的念头，就此变成了附在皮肤上的水蛭，甩不掉、弃不了。

1996 年 1 月，我正式申请签证到伊朗去，可是，当时的伊朗处在高度"封闭"的状态中，足足等了一年，依然不得其门而入，我颓然放弃。

那种放弃，有很多不甘、不舍、不服。到伊朗去，依然是悬在我心上一个很遥远很遥远但同时又很美丽很美丽的梦。

终于，盼到了。

2000 年，伊朗取消了部分国家（包括新加坡）的签证要求，于是，我在 2001 年 6 月，托着、拖着、抱着、捧着长久以来的憧憬、梦幻、向往、渴求，以一双虔诚的手，叩开了伊朗这扇古老得充满了致命诱惑的门扉。

临行前，许多朋友听到我要以自助的方式畅游伊朗，都圆睁双目，诧异地问道：

"那种烽火连天的地方，你怎么也敢去？"

20

披着
神秘黑纱的
伊朗

烽火连天？

嘿，都怪那场绵延八年的"两伊战争"太过"深入民心"了，尽管战争至今已结束了足足十二年了，可是，好些人还是把伊朗视为一个迄今仍受战火蹂躏的地方而裹足不前。

我以首都德黑兰作为起点，由南到北，逛了八个城市，发现了一个令人深感遗憾的现象——尽管伊朗这个古老美丽的国家处处充满了旅游魅力，然而，处处游客绝迹。

伊朗和伊拉克的战事始于 1981 年而止于 1989 年，可是，战争的伤痕犹在、长在、常在，它可以说是伊朗人胸口永远的痛，每回一提及，他们依然无法掩饰心中那种既遗憾又怅恨、既痛苦又无奈的感觉。

伊朗人告诉我：

"开战两年后，伊拉克要求和谈，偏偏伊朗不肯，冤哉枉哉地再多打了六年，致使全国经济一蹶不振，百业难兴，直到今日，元气都没有办法再恢复。"

根据统计，在两伊战争中的罹难者，数目高达 150 余万人，受伤残缺者呢，多达百万，哀鸿遍野，民不聊生。死者已矣，生者长痛。几乎每家每户都有亲戚朋友在这场战争中成为受害者，那些缺腿断手、全身或半身瘫痪的人，就凄凄惨惨地成了罩着全国上下而又永远磨灭不了的阴影。

这八年战争，使伊朗元气大伤，满目疮痍，战争过后，百业萧条，失业浪潮席卷全国。然而，让伊朗长期受苦的，除了历久难愈的"战争后遗症"之外，还有那场由霍梅尼长老发动的长达二十余年的宗教革命。

宗教革命带来的"闭关政策"，使各行各业都好像捆上了绳子一样，无法得到施展的空间。

就以旅游业来说吧，停滞多年，直到两年前，才恢复发展；可是，由于外界对伊朗的认识太少了，各种不利的传言、流言、谣言满天飞，敢来、肯来、要来伊朗观光的游客少若凤毛麟角。

实际上，根据一己的猜测或是不确实的资料而"误读、误解"了现阶段伊朗的实况，不但对这个文明古国有欠公平，而且，坦白说，失去了一游伊朗的机会，对于自己绝对是一重很大的损失。

在伊朗，处处是古迹、处处是历史。随意走在街上，一个不小心，便掉进了时光隧道里。就以亚兹德（Yazd）那回的经验来说吧，就奇特而又难忘。亚兹德位于伊朗中部，是全世界最古老的城市，被誉为"活的博物院"。它也是一个绿化得非常成功的沙漠古城，有关当局在全城各处挖掘地下水道，引入山泉之水，普植树木，全城绿意盎然，享有"沙漠新娘"之美名。那天，车子在路上奔驰，我正惬意万分地看着窗外一圈一圈怡情养性的绿影时，突然，道路两旁，出现了许许多多年代久远得让人双目发亮的石砌房屋——这些"老态龙钟"的古迹，在其他的国家，一定会被供如珍宝，可是，在伊朗，却有"物多必贱"之嫌，有关当局不但没有妥加保护，反而在这大片古迹中间开辟了一条马路，那些原该是"身

走路的云
用脚步丈量世界，品味生命

21

文明古国伊朗，
处处都是
触动人心的
古迹。

——

价百倍"的古迹，在车来车往的沙飞尘扬中，灰头土脸的，悒悒不得志，然而，身为游客的我们，不费分文便能大饱眼福，自然大喜过望啦！

由于历史悠久，几乎每一寸的伊朗，都以不同的方式说着无声的故事。北部肯多文村庄（Kandovan Village）迄今犹存的穴居人家，幽幽地叙述着一种与世隔绝的、叫人惊愕的原始生活；中部爱比雅尼村（Abyaneh Village），述说的是一种与世无争的、让人惊叹的世外桃源似的农耕生涯；首都德黑兰 (Tehran) 则通过多样化而又变化无穷的建筑形式炫耀伊朗人细致独特的艺术构思；伊斯法罕（Esfahan）以多不胜数的名胜古迹展现文化大城的气派；"玫瑰之乡"卡陕（Kashan）通过闻名遐迩而设计得无懈可击的豪宅显示出伊朗人的高度智慧；至于坐落于西拉兹（Shiraz）附近那举世驰名的古都波斯波利斯（Persepolis），一砖一瓦、一石一柱，都残留着昔日令人咋舌的辉煌气派。在伊朗，没有一个城市的面貌和声音是相同的，更没有一个城市的故事是雷同的，每回由一个城市启程到另一个城市去，我的心里，总涌满了无限美丽的期待，而这份期待，便是旅行最大的"兴奋剂"啦！

除了绮丽的自然风光与多如过江之鲫的名胜以外，伊朗之所以能为游客铸下深刻难忘的永恒印象，我想，最为重要的，是伊朗人那真诚无伪的本性和热诚好客的本质，处处、时时给予游客宾至如归的感觉。

尽管向外封闭多年，尽管国家规定女性必须由顶至踵将自己严严密密地裹住，可是，人民奔放的热情并没有为国策或服饰所改变或掩遮。任何时候，游客有疑问、疑难、疑惧、疑点，他们都会毫不犹豫地为游客解答、解决、解除、解释；伸出援手不计代价、解困释惑不问对象，纯粹只为了帮忙而帮忙。此外，伊朗

——

22

西拉兹附近
那举世驰名的古都波斯
波利斯（Persepolis），
一砖一瓦、一石一柱、
都残留着昔日
令人咋舌的
辉煌气派。

—

人也爱聊天，那些通晓英语者，常常喜欢在公共场合主动与游客搭讪，他们当中，有许多是能言善道之士，聊天因此而变成了一项趣味无穷的活动。

通过不断的谈话，我接触到了一个缤纷多彩的伊朗，一个活的、深的、广的伊朗，一个让人流连忘返而又隽永难忘的伊朗。

所以嘛，这一回的伊朗之行，对我而言，仅仅、仅仅只是一个美丽的开端而已……

这间名字唤作"Sayyah"的餐馆，是伊朗北部城市克尔曼（Kerman）最负盛名的。一迈进去，便好似进入了一个全然脱离现实的世界：厚厚软软的地毯宛如落在地上虚无缥缈的云絮，考究的餐具闪出了炫人眼目的璀璨银光，遍缀四处姹紫嫣红的鲜花竭力证实了春在人间。一胖一瘦两位男歌星，在"禁令初解"（注：伊朗在过去的二十余年里，严禁任何形式的公开演出）的曙光里，以一种异常拘谨但又难掩快乐的神情唱着伊朗韵律优美的民谣。桌子上，摆着价格昂贵而不可一世的鱼子酱、烤得香味四溢而金光灿烂的牛腿，还有惊人地大而风味独特的烙饼。衣冠楚楚的宾客，吃、听、谈、笑，全然不知忧愁为何物。在游客若凤毛麟角的情况下，我和詹的出现，居然引起了众人的注意，邻桌的客人发挥了伊朗人友善热诚的本性，搭讪。过后，只见他递了张字条给台上的艺人，少顷，艺人便在台上兴高采烈地播出了我们的名字和国籍，还特地献唱了一支欢迎曲；那种罕见的温馨，着实让人感动莫名。

十时许，离开餐馆。餐馆对面，是一列门可罗雀而意兴阑珊的店铺，我们站在店铺前面的走廊上，等候计程车。正伫候时，一辆电单车倏地以迅雷不及掩耳的速度朝我们疾驶而来。我惊得头皮发麻，急急闪开，就在这时，坐在电单车后面的那个人，突然以快如闪电的手势猛然扯下挂在詹肩膀上的小旅行袋子，詹暴喝一声，反手一揪，死命抓住旅行袋的长带子，由于他力大无穷而又死抓不放，歹徒差一点被他扯下电单车，在万不得已的情况下，只好放手。整个过程，只有短短的几秒，站在一旁的我，却好似看了一出紧张刺激的电视短片。旅行袋里，装着活动摄影机、数码相机、照相机、现款，还有最重要的：护照。真可说是"一放手便成千古恨"！

事后，和在伊朗认识的朋友谈及此事，他们都异口同声地表示：伊朗其他城市的治安，一等一的好，唯有克尔曼，足堪忧虑。原因是：克尔曼与盛产罂粟的阿富汗接壤，毒品泛滥，许多治安问题，都是瘾君子带来的。"Sayyah"餐馆是克尔曼档次最高的餐馆，出入餐馆的宾客因此而成了他们下手的对象。

后来，去中部大城伊斯法罕，在遐迩闻名的伊曼广场逛来逛去时，在广场巡逻的警员突然将两份资料递给了我们，一份是观光地图，另一份则是一封别开生面的"警告信"，上书：

"敬告旅客：在伊朗旅行，请注意以下事项，其一：只有穿上正式警员服装者才能执行任务，请不要让任何其他穿便服的人检查你的行囊。其二：外出观光时，千万不要携带护照。其三：别把贵重的物品留在旅馆房间。"

——

23

男歌手
在餐馆献唱——
类似这样的表演形式,
在伊朗已多年被禁,
最近才解禁的。

——

啊哈，在外旅行多年，还是第一遭碰上执法人员在名胜地给游客大派警告信呢！

我拿起了笔，在信上加注一条：

"其四：请加倍注意疾驶过你身边的电单车。"

旅行回来后，许多朋友都问我："伊朗安全吗？"以我在伊朗逛游了八个城市的经验来看，伊朗可说是治安最好的国家之一，当地人处处对游客伸出援手的真诚与时时张开友谊之臂的热诚，的的确确使人安心而又舒心；我们在克尔曼所碰见的抢劫事件，只能说是不慎掉落于清茶里的一粒苍蝇屎罢了！

在外旅行，具有"不入虎穴，焉得虎子"的冒险精神固然重要，可是，本着"安全第一"的大原则，作为自助旅者，却必须时时刻刻、分分秒秒提高警觉，否则，一粒毫不起眼的"苍蝇屎"便足以令你泻得脸青唇白！

原载于新加坡《联合早报》

2002 年 12 月 3 日

夷马米是建筑师，也是伊朗富甲一方的企业家。他的建筑工程遍布伊朗各处，在伊朗的建筑行业里赫赫有名。八年前，外子詹曾因工作上的需要而与他有数面之缘，对他高效率的办事方式和待人以诚的处世态度留下了深刻难忘的印象。

今年六月，他到伊朗去旅行，一抵达德黑兰，立刻便给他拨了电话，电话筒里传来的，是他万分惊喜而又万分热诚的声音：

"啊，欢迎你们，欢迎欢迎！"

当天晚上，便派人到旅馆来接我们到他家去用餐，完完全全地体现了伊朗人热诚好客的本性。

夷马米的家是一幢双层的独立式洋楼，没有想象中那种气派万千的豪华，但却布置得大方雅丽，更直接地说，夷马米并没有将这所占地广阔的住所当成一间炫耀财富的屋子，反之，他真心诚意地把它布置成一个温馨舒适的家，一个工作累了便想回来休息的避风港。

有趣的是：厅里的大橱中，摆设了几件名贵至极的中国陶瓷古董。看到我弯着腰在欣赏，夷马米微笑地说道：

"中国和伊朗一样，同样是文明古国，两国人民的价值观和生命观，有许多相似之处。比如说吧，坚韧无比的家庭凝聚力、勤奋苦干的工作态度、脚踏实地的处世哲学，等等等等，都是两国人民共有的特性，你同意吗？"

我颔首。

1979年，霍梅尼长老上台执政，宗教革命浪潮席卷全国，整个社会，都起了翻天覆地的变化，人们的生活内容，也发生了一百八十度的转变，公众场合所有的娱乐，包括歌唱和舞蹈，全在严厉禁止的范畴内；女性身上，也加上了多重桎梏，其中最显著的，就是服饰的改变，由"无所不能"转为"无一可以"，目前，她们出门都得罩黑袍、披头巾。然而，只要有机会和伊朗人接触，便会强烈地发现，改变的，仅仅只是外在的生活面貌而已，伊朗人热情奔放的特质和热诚好客的特性并未受到一丝一毫的影响。

夷马米幽默地说道："表面上看来，伊朗是个男权至上的国家，然而，只有生活在这里的男人知道：尽管我们在外面呼风唤雨，可是，一回返家里，却只能听命于一个人，那就是老婆大人。"

说着，搂了搂他身着黑袍的妻子，露出了幸福的微笑。

伊朗男人多数希望自己的另一半在结婚之后能留在家里相夫教子，原因是伊朗家庭多数很注重孩子的教育，他们总认为只有母亲亲力亲为地照顾孩子，才能将正确的价值观灌输给他们，让他们成长为堂堂正正的人。夷马米育有三男一女，长女已婚，尽管曾受大学教育，然而，一披上婚纱，便卸下工作。

夷马米的女婿便理直气壮地对我说道：

"男主外，女主内，天经地义。只有男女双方各司其职，家庭才会幸福美满。如果做一份工赚的钱不够养家，那么，我宁可在外面做三份、四份甚至五份工作，赚足够的钱，让我的妻子当个快乐的主妇，让我的孩子在母爱的滋润下长大成人。如果夫妻双

——

24

夷马米的儿子
击鼓取乐，
鼓声化成
美丽的音符，
轻灵地飞在夜空里。

——

方都在外面拼搏，孩子因乏人照顾而变坏而堕落，就算我挣得了全世界，又有什么意义呢！"

我暗暗惊叹——就这一点而言，毋庸置疑的，伊朗人和华人又是极其相似的。

夷马米的妻子亲自下厨，为我们烹制典型的伊朗菜肴。菜式不多，但是，分量极多。切成大块的牛肉和多种不同的香料混合熬煮，煮成的肉，被熏染成奇特的绿色；整条整条去皮的茄子和鸡肉同卤，卤成了一种你侬我侬的独特风情；还有，烤得很脆的面饼、炒得很香的干果杂饭。伊朗禁酒，餐桌上少了酒的助兴固然缺少了一些该有的情趣和气氛，可是，那种温馨和谐的气氛和夷马米一家子频频劝吃的殷勤，却创造了一种比酒更浓的醉意。

饭后，夷马米在屋前的花园里铺了地毯，大家闲闲地坐在地毯上，喝茶、吃水果、闲聊。"饭后聊天"是他们一家子日常的生活习惯。夷马米谈起了他一位生意做得极为成功的老朋友苏海米：

"他在宗教革命浪潮开始时，便结束了在德黑兰的生意，移居到美国的旧金山去，开了一爿古董店，在那儿住了二十多年，可是，这二十多年异乡异国的生活，他不但没有被彻底西化，反而让无止无尽的思乡病折磨得痛苦不堪。上个月，他毅然结束了美国的业务，举家迁回德黑兰。我和他晤面时，你知道他最怀念伊朗的什么吗？是这儿比强力胶还要强的家庭凝聚力！在美国，他一周工作足足七天，加上个人主义盛行，家庭成员相聚的时间少之又少。他钱赚得愈多，便愈觉得日子空虚，终于，忍无可忍，搬回来啦！"说着，轻轻地叹了一口气，续道："是的，现阶段的伊朗，还存在着许多有待解决的问题，可是，我们却有着许多美好的传统，这些代代沿袭的传统，是千金不易的呀！"

这时，夷马米的三个儿子取来了各自擅长的乐器：六弦琴、大鼓、小鼓，就在玫瑰花香弥漫的花园里，奏琴、击鼓，琴声铮琮、鼓声激昂，一柔一刚，但却汇成了极端和谐、极端动听的美好乐曲，乐曲里蕴藏着的，是对家的眷恋、对国的依恋、对人的爱恋，飞来飞去的音符不经意地落在夷马米夫妇的脸上，溅起了星星点点快乐的笑意……

原载于台湾《青年日报》

2002 年 2 月 10 日

生命里美丽的风景：逛伊朗茶室

从来没有看过任何人像伊朗人一样，将茶喝成了生命里一道不变的美丽风景。

大大小小的茶室遍布全国各地，奢华得让人眼花缭乱的、简陋得令人望而却步的、铺陈得花里胡哨的、摆设得古色古香的，都有、全有。每到一个城市，我便到处去探听当地最具特色的茶室在哪儿，而按图寻骥的结果，往往是乘兴而去，尽兴而返。

不同城市的茶室，都有与众不同而让人津津乐道的特点。

印象最深的，是坐落于伊斯法罕的茶室。

伊斯法罕是伊朗的故都，位于中部，是目前的第三大城。这儿没有破坏景观的高楼大厦，也没有川流不息的车辆，全城弥漫着一种悠闲恬淡的气氛、洋溢着一种古雅朴实的气息。

全市最美丽的茶室设在那道历史长达三百余年的朱瑞桥梁（Joui Bridge）下。一迈进门，我便大大地怔住了。哇，那布置，简直是"超级夸张"——天花板和墙壁，密密麻麻地吊着、挂着、贴着、钉着各式各样的画作、毛毯、铜塑品、陶质品，还有许许多多盏棉质而绘上不同图案的圆形吊灯。最最奇怪的是，尽管装饰品如此密不透风地排列着，连半寸的空隙也没有，然而，坐在这个面积不大的茶室里，却丝毫没有局促的感觉，反之，有一种恍若置身于古老博物院的雅致感。到此茶室来的茶客，很明显地有着一定的文化水平，有者全神贯注地遨游于书中世界、有者若有所思地对着本子振笔直书、有者对着窗外景色浮想联翩；那些结伴而来以享受闲谈之乐的，也识趣地把说话的声量调得很低很低，尽量不干扰及他人。清风徐来，河水潺潺，说不尽的诗情画意。暮色是傍晚八时过后才一点一点地从窗子里渗透进来的，然后呢，茶室里吊着那棉质的灯，一盏一盏好似着了魔一样地亮了起来、亮了起来，当灯亮起时，绘在灯罩上的图案也清晰地显现出来，每盏灯都有一个不同的图案，整间茶室，霎时变成了一个五彩缤纷的童话世界，着实美得叫人魂飞魄散。

入夜之后，我到伊斯法罕另一间设在皇家广场（Iman Square）店铺顶层的露天茶室去，却又领略了另一番全然不同的风情。整个广场，无数灿烂而又密集的灯火不断地闪烁颤动，像情人的眼波般飞出了致命的诱惑。茶客三三两两地坐着，啜茶、观赏夜景、话东道西。

当他们快活地喝着茶时，我却快活地看他们喝茶。

伊朗人喝茶，有个很奇特的方式——琥珀色的茶，盛在小巧玲珑的玻璃杯子里，喝茶时，糖块不是放进茶里搅和的，而是直接放入口中，再去啜茶。伊朗的糖，呈现不规则的结晶体，一片片薄薄的，晶亮的黄色，轻轻一咬，"咔咔"数声，糖片分崩离析，这时，再悠悠然地把茶啜入嘴里，让它慢慢地与口内的甜味中和，在味蕾上泛起一圈又一圈令人心驰神往的涟漪。有些糖片还镶嵌着柠檬皮，一咬，满嘴生津，这时，赶紧将略带涩味的茶灌入口中，以舌尖略略搅和，那种甘醇至极的好味道，足以使头发"轰"的一声全都直直地立起来。当然，那些较为简陋的茶室，并不会备有这些薄片糖晶，仅仅只供给一般的方块白糖，伊朗人惯常的做法是：以拇指和食指拈着糖块，沾了沾茶，放进口里，等它在舌上欲融未融之际，便啜茶入口，与糖中和。

坦白说吧，我最初对伊朗人这种喝茶方式觉得很不适应，有一种"脱裤放屁"的感觉，可是，后来，入乡随俗，竟也爱上了——同一杯茶，竟能品尝到不同层次的甜味，层层推进，渐入佳境，好像是我们所期待的人生。

许多伊朗人每天非茶不欢，而每天喝茶的次数也多得惊人，好些伊朗人告诉我，一天十五六杯是最起码的。有位伊朗朋友说得好：

"伊朗禁酒，我们便以茶代酒，提神、健身、醒胃、清肠，全靠它。"

茶室，对于大部分伊朗人来说，是以茶会友的地方，也是谈生意的好场所。几乎每间茶室都出租水烟，握着水烟管咕嘟咕嘟地吸食的同时，一宗宗生意也就不知不觉地谈成了。

有些茶室，名气极响，但却未能留给人名副其实的好印象。

在南部古城西拉兹（Shiraz），有个占地极阔而又设计极美的陵园，纪念的是伊朗举国著名的诗人 Hafaz，陵园附设茶室，在我想象中，茶室既设在诗魂缠绕的陵园之内，必定是清静幽雅的，结果呢，恰恰相反。茶室中央，有个方形的水池，水池上面俗里俗气地托着一个巨型水烟和茶壶作为装饰品，水池四周，摆满了桌子，桌边坐满了人，抽水烟的，以浓浊的烟

走路的云
用脚步丈量世界，品味生命

——

25

设在窄巷里的茶室，
虽然简陋邋遢，
但却也别具风味。

—

味严重地污染了原本清新的空气；啜茶的不专心品茗，却以响亮得令人生厌的声音制造语言的垃圾，这里那里随处抛掷，整个地方，乌烟瘴气，噪声充斥，我只坐了十分钟，便飞也似的逃走了。严格说起来，让人受不了的，其实不是那间茶室，而是那一堆没有妥善地利用那间茶室的人。

倾心喜欢却又曾经让我生气不已的，是伊朗北部大城达布里斯（Tabriz）那间桑葚茶室。这间别具风味的露天茶室，就设在成排桑葚树下。正是果子成熟季节，一串一串丰满多汁的桑葚自得其乐地荡在茂密的枝叶间，一步入茶室，悦目的绿，便像骤然降下的雨，深深浅浅而又斑斑驳驳地落得满头满脸都是。正欢喜难抑地走着时，冷不防有人暴喝一声："止步！"一位白须老头僵直地立在眼前，冷冷地说："女人，去另一边坐！"另一边？哪一边？我狐疑地看着他。他以手指了指另一个隔了一堵矮墙的狭窄通道。我好奇地探头看了看，那儿，疏疏落落地放了几张桌子，半个人影也没有。白髯老头一脸固执地说道："根据我们这儿的规矩，男女必须分开坐。"规矩？这是哪门子的规矩？我生气了，冷冷地应道："我是游客，我想，我不必受这道条规的约束。再说，我已经逛过了伊朗七个城市，上了无数个茶室喝茶，从来没有人告诉我伊朗有这么一条规矩的！"白髯老头气得涨红了脸，正气势汹汹地想要反噬时，其他茶客却七嘴八舌地开腔代我说项了，白髯老头粗声粗气地反驳，就在双方吵得不可开交时，我觑了个空儿，速速跨着大步走了进去，找了个位子，安安稳稳地坐了下来，"嘿嘿，鹬蚌相争，渔人得利呢"，我一面"不伦不类"地想着，一面快乐地对自己微笑。白髯老头站在原地，满怀不快而又无可奈何地瞪着我，嘴巴无声地翕动着，仿佛在咬碎一些恶毒得出不了口的话。其实，说起来，我也不是真的想喝那杯茶，

——

26

古城西拉兹的
茶室以巨型水烟
和茶壶装饰茶室
以吸引茶客。

——

只不过是想争那一口气罢了，而今，当真争"赢"了，却又觉得捧在手里的那杯茶特别可口、特别香醇。拂面的轻风夹杂着桑葚成熟了的那一股甜香的气息，仰头看时，颗颗桑葚宛如粒粒小巧玲珑的绿玉，在午后温煦的阳光里闪着一圈一圈可爱绝顶的笑影。站了起来，摘了一串吃，哇，甜入心坎！

那天，在那间露天茶室，足足坐了三个小时，喝了整十杯茶，以自助方式吃了无数无数桑葚。啊，那种什么也不做、"时而千思时而无思"的感觉，竟是如此难忘而美好！

终于明白了为什么伊朗人将茶喝成了生命里一道不变的美丽风景。

伊斯法罕是伊朗的故都，城内既无"嚣张跋扈"的摩天大楼，亦无川流不息的脚车汽车，更无摩肩接踵的拥挤人潮，处处洋溢着一派古朴悠闲的气息。

全城各处，茶室遍布，而最为伊朗人津津乐道的，是"三十三桥茶室"。该茶室就建在闻名遐迩的三十三桥底下，伊朗人眉飞色舞地告诉我：

"白天，波光粼粼的河水把整间茶室映照得水灵灵、亮晶晶的，和朋友啜茶，十分有劲；夜晚，河水镀上澄黄醉人的月色，和朋友品茗，特别浪漫。"

那天下午，兴致勃勃地赶去，一到那儿，整个人便愣住了。

三十三桥，孤独寂寞地立在干涸猥琐的河床上，两岸的杏子树、樱桃树、核桃树，全都垂头丧气，奄奄一息。坐在茶室里向外俯望，泥泞的河床显得邋遢、鬼祟、阴沉，甚至，有几分狰狞。整间茶室，没精打采。天空黯淡无光而大地了无生气。

我的伊朗朋友马苏告诉我：这道名为Zayandeh Roud的河流，从山上奔流而下，全长360里，长年滋润着两岸的景致、美化着周遭的环境。然而，去年，伊斯法罕经历了多年罕见的旱季——一月至三月，雨量稀少，而三月至六月，滴雨全无。过去，当降雨量不多

27

——

晶亮如缎子的河，

以重生的丰姿，

给大地带来了

一种鲜活的生命力。

——

时，还可以靠高山上积雪融化而成的冰水来"救急"，然而，去年，很"不幸"的，雨不降，雪亦不下，这种情形在伊朗是绝无仅有的，那条风貌美丽的河，经不住长期干旱的"煎熬"，遂恹恹地干涸成目前的憔悴状。

去年六月十日那天，我在装饰得金碧辉煌的皇家广场和马苏共用晚餐，他突然一脸喜色地告诉我："明天，Zayandeh Roud 河将全面恢复旧貌了！"我迷惑地瞪着他，问："什么意思？"他微笑地解释道："六月，是农忙时节，农夫需要大量的水进行灌溉，政府已决定开放水库，将水注入河里。"我反问："为什么不早点开放水库呢？"他答："不利发电呀！"

次日下午，兴奋难抑地赶去，一到那儿，整个人便震慑了。

三十三桥，盈盈地立在一脉饱满清澈的绿水中，秀气而雅致。

晶亮如缎子的河，以重生的丰姿，给大地带来了一种鲜活的生命力。温煦的阳光把桥的倒影轻巧地绘在河面上，牵出一河触动人心的温柔。那种妩媚到了极致的美丽，是旅人一生一世的眷恋。

呵，原来，原来是大自然的恩泽使河床长年注水的，可是，为什么过去我总愚蠢地认为、认定凡是河流都理所当然地该有水呢？实际上，当天地万物循着正轨运行时，我们都该心存感激。唯有时时存着感恩之心，我们才能活得更扎实，也更快乐！

开心果

那树，东一棵、西一棵，稀稀疏疏地散布在干燥的野地上，远远看去，树形圆圆的，煞是可爱。起初，只把它当作沙漠的"点缀品"，然而，在长达四小时的车程里，却诧异地发现它时时冒现，有时，是毫无规律的单独几棵，有时，却是成排成排秩序井然地出现。我好奇地向司机默哈末提询，他微笑地说：

"这是伊朗的宝树——开心果！"

啊，开心果，速速嘱他停车。站在树旁，喜不自抑地看，狂看、细看，上上下下地看、前后左右地看，百看不厌地看。

开心果的学名是"阿月浑子"（Pistachio），一年收成一次。现在，正是果实初熟时，呈杏形的小果实，上端是妩媚娇艳的猩红色，下端是怡神养目的嫩绿色，美得使人心旌动荡。等九月大熟时，果皮和果壳齐齐裂开，像挂在树上一串一串真心实意的笑。

过去，旅居沙特阿拉伯时，每次到售卖开心果的市集去，总狠狠地买它十公斤，有阿拉伯朋友到我位于山脊的小白屋来聊天时，我便以它飨客。客人走后，地上全都是圆圆的壳，好似一个一个笑得大大的嘴巴。在沙漠生活，日子有时浸在眼泪里，看到满地的笑影，便好像得着了一种虚幻的快乐。爱上开心果，始于那时。

开心果原产于伊朗，其他广为培植的国家

——
稀稀疏疏地
散布在干燥的
野地上的
"宝树"
——开心果。
—

包括阿富汗到地中海一带温暖干燥的地区，加利福尼亚也有少量出产。在伊朗境内，二十八个省份里，总共有十二个省份种植开心果。土质不同，品种不同，味道自然也不同。上好的开心果，必须具备五大特质：肥、香、润、酥、脆。在伊朗买开心果，价格便宜得令人做梦也笑。品质超级好的，每公斤才三万里尔（约合新币六元）。

伊朗人相信开心果可以补气、补血，所以，爱吃、常吃。闲来无事时，他们右手执饮料，左手剥开心果，边吃边聊，其乐融融；工作过劳，他们便将开心果当成"补品"，一把一把地抓来吃，借以补充耗尽的元气；过年过节时，他们制作糕点，煞费苦心地把开心果镶嵌入糕点之内，当作美丽的装饰品。

富于创意的伊朗人，甚至连果皮也不放过——他们将剥出的果皮放在太阳底下，晒上

29

——
果形与色泽
都妩媚无比的
开心果。

——

两三日，与盐同炒或是与糖相拌，做成美味可口的腌渍品。

　　有趣的是：从小若拇指而叶形似手掌的叶子里取出的汁液，可以制作染色剂；而由树干分泌出来的淡褐色黏液，又可充作糨糊胶水；至于质地坚硬的树干嘛，可以做门、做窗。我想，以开心果的树干做成的门和窗，必定也浸在快乐的笑意里吧！

原载新加坡《联合早报》

2001 年 10 月 30 日

走入古老的时光隧道

到伊朗旅行，有两个村庄，是非看不可的，一个是位于中部的爱比雅尼村，另一个是位于北部的肯多文村。这两个村子，都有着上千年的悠久历史，令人难以置信而又惊叹不已的是：村民迄今还沿袭着过去古老的生活习俗，过着与世隔绝而又无忧无愁的日子。

尽管眼前所见的一切都是真真实实的，然而，它们给人的感觉偏又像"镜中月、水中花"一样，瑰丽而又虚幻。在村子里逛着、逛着，仿佛不小心掉进了伊朗古老的时光隧道里……

其一：爱比雅尼村——童话村庄

车子一驶入爱比雅尼村（Abyaneh Village），我便不由得惊呼出声：

"哇！哇哇哇！"

漂亮，实在是太漂亮了！

整个村庄，风情万种地建在高高低低的山丘上。由于泥土含铁量高，大大小小的山丘呈现着奇特的枣红色，而一幢幢以红泥砌成的屋子呢，自然也是妩媚的枣红色的；山与屋，浑然天成地结合成一个难分难解的整体，完美而又和谐、深沉而又亮丽、现代而又传统、含蓄而又开放。

屋前屋后，道路两旁，全是果树。樱桃、杏子、李子、桑葚，等等，累累的果实，各个

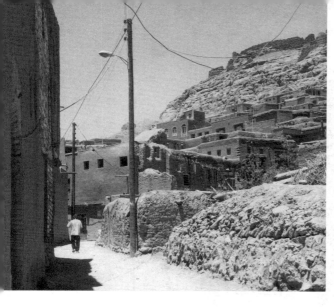

——

在爱比雅尼村，
枣红色的屋子
依着山势高高低低地建，
完美而又和谐，
给人一种
"童话村庄"的感觉。

——

展现了刻意酝酿而成的绚烂。

　　这里那里，处处都是河流，短短的、清澈
的、晶亮的，轻轻快快地、舒舒畅畅地流着、
流着，潺潺潺潺的水声，像一阕阕悦耳动听的
曲子，这里那里，响着、响着。在波斯语中，
"Abyaneh Village"的意思是"水之村"，每年
冬季，酷寒无比，高山积雪，厚度惊人；春回
大地时，积雪融化，纯净的雪水从山上大量奔
流下来，化成了地上无数蜿蜒的小河。

　　树下、河边，有人野餐。河水清凉，他们
把圆大的西瓜放入河中"纳凉"，有些孩子，
脱了上衣，跳进河里，与瓜同乐，欢声笑语，
像是冬天美丽的雪花，漫天飘舞。

　　爱比雅尼村位于伊朗中部，距离中部大城
伊斯法罕大约一百公里。这个具有一千余年历

——

爱比雅尼村的居民服
饰全都鲜艳美丽。

——

——

——

史的小村庄，现在已被联合国教科文组织（UNESCO）列入"世界遗产保护"名单（World Heritage List）。

这个村庄最为奇特之处在于村内的两百余名居民迄今仍过着远离尘嚣而又与世无争的日子，他们以农耕和畜牧业为生，一切自给自足。最让人惊叹不已的是：他们彼此用以沟通的，竟然是两千年前的波斯古语！村中妇女所穿的服装，也保留着古波斯那种鲜丽缤纷的色泽，在这里，看不到伊朗其他所有地方那种黑袍，反之，"彩蝶"处处。

远在公元七世纪，伊朗境内一批信奉拜火教者，为了坚持自己的信仰而远远地逃到这个海拔一千六百米而为群山所包围的村庄，过着与世隔绝的生活。直到十七世纪，这个村庄的人才开始接受回教，然而，老一辈的居民却依然一成不变地守着固有的传统习俗、生活习惯、语言文化，甚至服装。

近年来，为了帮助居民适应现代的生活，当地政府在村里设立学校，并在附近开设工厂，然而，这种种措施并没有办法阻止年轻的一代把发展的触角伸到外面亮丽的天空去，于是，村庄人口日益递减，目前，居民只有两百余人，许许多多宽敞的传统老屋都寂寂寞寞地空置着。不过，到了天气转凉的秋季，年轻的一代就会呼朋唤友，一大群一大群地回来度假，全村展现着一种"昙花一现"的热闹景象。聊以自慰的是：这些饱受教育的年轻人，在外面的繁华世界里找到自己的定位后，并没有轻视或是舍弃自己的传统，只要一回返这儿，他们便会自动自发地换上传统的服装，说传统的语言，吃传统的食物，更为难得的是：许多村民，身在村外，心系村内。比如说，一位移居美国而当上了医生的村民，最近回来省亲，住了两个月，天天免费为村民诊病治病，还自掏腰包为他们买药哪！

——

32

圆肚大瓦瓮里装的
是酸奶和腌菜
——有人说长期享用它们，
是爱比雅尼村居民赖以
长寿的秘方。

——

我们下榻于爱比雅尼旅舍，说来好笑，这所旅舍还是今年四月才开设的，只有寥寥的四间房，面山而建。坐在高高的阳台上用餐，看见对面的山有一个一个黑黝黝的山洞。问起，才知道这些全是储粮洞，爱比雅尼村冬天极冷，百物不长，畜养的牛羊都面对绝粮的困境，村民因此必须将干粮储藏在预先挖好的洞穴里，未雨绸缪。这些洞穴虽然在一定的程度上破坏了自然的景观，然而，它们却也明确地展示了当地居民一部分重要的生活内容。

游客少，整所旅舍就只有我们两个房客。我们点了烤鸡为午餐，烤鸡下了极重的香料，只咬一口，就被那浓得足以将五脏六腑熏坏的香料呛得几乎窒息，赶快点了一杯果冻，偏偏果冻上面又撒满了椰油味极重的椰子丝，我的午餐，最终以一块冷冷的烙饼解决。任何地方，没有人气，食物也一定走味，这已是百试不爽的定律了。

饭后去散步。

简直就好似走在童话王国里。每一幢屋子，都有着截然不同的设计，唯一相同的，是门扉上的门环子。我的伊朗朋友马苏告诉我：门环子的作用，不单单是用以叩门而已，它"另有乾坤"——右边的，是专为女客而设的，铜质、圆形、空心；左边的呢，是男客专用的，铜质、长形、实心。叩门时，两者发出的声音迥然不同，圆环的声音清越悠远、长环的声音浑厚扎实；屋内的女性从叩门声中辨别出访者是男客时，便得赶快以黑纱由顶至踵把自己"包裹"起来。啊，小小一个门环，却也清楚地反映出当地"男女授受不亲"的生活习俗。

村民穿着鲜丽得令人双眼发亮的传统服装，三三两两地坐在门口，晒太阳、话东道西，时光在这儿忘了流走，而地球在这里也忘了转动。尽管彼此语言不通，可是，这些老翁老妪却满脸笑意地向路过的我们打招呼，请我们入屋"共饮一杯茶"。许多老人的家里都摆着圆肚的大瓦瓮，做腌菜、做酸奶，早上喝酸奶，中午和晚上以腌菜配饭，就这样简单随意地应付了一日三餐，无欲无求而又知足常乐，结果呢，当然人人寿比南山啦！有些妇女，利用各种粗糙的原料制作各式各样的手工艺品，包括：珠链、洋娃娃、头巾、小衣小裤，等等，向屈指可数的游客兜售。游客往往无法抗拒她们脸上足以融霜化雪的笑容，于是，买了一大堆不华不实的东西，比如说我吧，就曾向不同的村妇买下了许多手制项链，由于手工拙劣，我根本不想佩戴，更没有勇气送给朋友！

闲闲地走呀走的，经过一座小山丘时，正好看到一位年过八旬的老妇从山丘上那个黑黑的山洞里吃力万分地爬出来，啊，她正为她饲养的牛羊储集冬天的粮食呢！看到了我们，她无牙的嘴立刻露出了一个无比热情而又无比温馨的微笑，脸上那微微张着的口，和山丘上那大大地张着的洞，同时都在以无声而又丰富的语言述说着独独属于爱比雅尼村许许多多生动有趣的故事……

其二：肯多文村——穴居人家

一座一座的山，尖削、陡峭、挺拔，耸天而立。

站在山下的我，目瞪口呆。

令我叹为观止的，不是那座座形状奇特的山，而是山上那一个一个黝黑黝黑的洞穴。

每一个洞穴里，都不可思议地住着一户人家。

这个历史悠久的村庄肯多文（Kandovan），距离伊朗北部大城达布里斯（Tabriz）大约五十五公里。在全盛时期，总共住了五百余户人家，人口多达两千余人。随着时转势移，年轻的一代纷纷移居城市，目前仅有九十五户人家，居民也只有寥寥的三百余人而已。类似这种在山上凿洞而居的村庄，全世界只有三处，除了伊朗之外，另外两处分别散布在意大利和土耳其。

肯多文村的村民主要以畜牧为生，九十余户人家养了一万多头羊，他们以羊毛织地毯，以羊奶制酸乳，此外，家家户户也酿造蜂蜜以谋生。

伊朗人热诚好客，在伊朗的其他地方，身为游客的我们，常常、时时、处处有"宾至如归"的感觉。然而，令人至感意外而又至为惊讶的是：肯多文村的村民对待游客的态度不太友善。当我们取景拍照而他们发现自己身在镜头中时，性子较温和的，便脸带厌恶地侧身闪开；较暴躁的，会以挥赶苍蝇的手势叫我们"滚开"；至于那些"激进"分子，便不留余地地指着我们大声斥骂，情况十分尴尬。小孩子在这种环境里长大，耳濡目染，也对

33

——

石穴

外面可爱的

小阳台。

——

——

34

偷偷猎取镜头
而被发现了，
男子叉着腰对我
怒目而视。

—

走路的云
用脚步丈量世界，品味生命

游客抱着漠视与敌视的态度。我和詹常常在背包里准备着大量的糖果以在旅途上分发给天真无邪的小孩子，然而，当我把糖果塞入一名小孩的手中时，却碰到令我瞠目结舌的反应：他一甩手，便把糖果抛在地上了。

后来，与在伊朗结识的一位朋友纳萨罕讨论及肯多文村这个奇特的现象，纳萨罕冷静而中肯地分析：八百余年来，这个村庄的居民靠着养羊所得到的丰厚收入，一代传一代地过着自给自足、恬静安宁的日子。他们内心有个很深的恐惧，担心游客一多，目前这种宁静快乐的生活和多年不变的传统就会遭到彻底的破坏，更甚的是：他日为了应付日益增多的游客，有关当局可能会在这儿兴建餐馆、旅馆，整个村庄原有的宁静和谐届时可能被破坏殆尽。村民这种不安的心态浮到表面，就无可避免地变成了漠视与敌视。

啊，捍卫传统，居然是这儿一道美丽的风景线！

从洞穴表面上那简陋破落的外观看来，肯多文村村民的穴居生涯该是原始而落后的，然而，让人意想不到的是：贫富不均的现象，使每户人家的"洞内设计"有着天渊之别。

在纳萨罕好说歹说的恳求下，很幸运地，有一贫一富两户人家肯让我们"登洞入穴"去参观。

富者的洞穴，那种近乎奢华的舒适，简直让我看傻了眼。地上，铺着美丽绝伦的手织地毯、电视机、电冰箱、收音机，一应俱全，绿意盎然的盆栽这里那里静静地垂挂着，每一个角落都收拾得干干净净，纤尘不染。

纳萨罕悄悄地告诉我：

"她家养了很多头羊呢，羊在伊朗，是很值钱的哪！"

贫者的洞穴，那种穷困到了极点的寒碜，也同样让我看傻

35

——

贫者的石穴
虽然简陋，
可是，悠悠的箫声
却是他丰富的
精神粮食。

——

走路的云
用脚步丈量世界，品味生命

了眼。全无装饰、全无布置，赤裸裸的洞穴里，因陋就简地挂着一条电线，上面孤苦伶仃地吊着一粒灯泡，昏黄的、黯淡的、无神没气的光，不情不愿地照在地上凌乱不已、邋遢不堪的东西上——破损的碗碟、污黑的炊具、打着补丁的衣裳，全都随地乱置，一股腐朽的气息，静静地氤氲在洞穴里。这个洞穴，已经住过了好几代人，目前的"洞主"，是一对年迈的夫妇。

纳萨罕说："务农人家世世苦，他们没羊，以耕田为生，生活自然比其他的人清苦。"

然而，这户清苦的人家，苦的仅仅只是物质生活，精神上，恒远快乐。农活不忙时，相濡以沫而又相依为命的这对老夫妇，会闲闲地坐在洞穴里，吹箫自娱、互娱、他娱。

为了对我这远道不请自来的客人表示亲善，老人取出了自制的箫，神情自若地吹了起来，清越悠扬的箫声，源源不断地传出洞穴以外，在一座一座苍老得十分恬然的山头之间转来转去、绕来绕去，听到箫声的人，脸上都不由得浮起了星星点点快乐的笑意……

原载于新加坡《联合早报》

2001 年 8 月 26 日

拜火教与沉寂塔：谈世界最古老的宗教

大大的铜炉里，满满满满地放着砍自杏仁树与杏子树的薪柴。一丛金黄色的火，异常猛烈地、熊熊地燃烧着。

我站在那间守卫森严的小室外，透过晶亮的玻璃，难以置信地看着那丛连续不断地烧了一千五百多年的火。

是的，这丛为拜火教信徒膜拜的圣火，迄今已烧了 1530 年。这一千多年来，它连续迁置了五个地方，不论碰上天灾抑或是人祸，也不论环境有多恶劣，信徒都誓死保护它，不让它熄灭。两百余年前，信徒把这丛圣火带到伊朗中部的城市亚兹德（Yazd），起初，藏匿在一个隐秘的洞穴里，六十余年前，才设立了这所被称为 "Ateshkade" 的庙宇安置它，庙里有教士每天二十四小时不停地看守着它，不断地添入薪柴，不让它熄灭。

拜火教（Zoroastrianism），又称为波斯教或称琐罗亚斯德教。它是伊斯兰教出现之前古代伊朗主要的宗教，也是世界上最早出现的宗教。创教者琐罗亚斯德（Zoroaster）约诞生于公元前 628 年。

信徒认为世界有光明和黑暗（善和恶）两种神，把火当作光明的象征来崇拜。信徒必须慎于言语、慎于行为、慎于思想，换言之，良言、善行、好思，是信徒的三大守则。

根据统计，目前，全世界约有十五万拜

36

——

沉寂塔
矗立于高山上,
高深莫测、
神秘肃穆。

——

火教的信徒,其中被拜火教者视为圣地的亚兹
德,便住了一万余名信徒。男性信徒的服饰和
回教徒并无分别,女性信徒则喜欢披戴花式头
巾和穿白色、米色或是红色的绣花长裙。

　　过去,拜火教者严格地分成不同的等级,
而等级不同者严禁通婚;然而,现在,为了适
应时代的变化,配合时代发展的步伐,好些
教规都作了修正,现在,等级已不再是通婚的
绊脚石了。有趣的是:拜火教的信徒有自己的
语言和文字,尽管文字已因使用率太低而渐渐
失传,然而,许多拜火教者在家里依然坚守传
统,使用自己的语言交谈。

　　逗留在亚兹德期间,刚好碰上拜火教为
期五天的朝圣期,伊朗全国各地成千上万的拜
火教信徒都涌到亚兹德来,他们乘坐特备的
车子,前往一个唤作"Chak·Chak"的圣地
(离亚兹德大约50公里)去朝圣。我原本想

——

拜火教的创始者
Zoroaster 的画像
挂在庙宇内。

——

去看看，然而，旅馆的职员却表示：在朝圣期间，这个圣地，除了信徒之外，严禁任何外人进出，奈何！

　　拜火教的信徒对于自然界的四大资源（水、火、土和空气）都极端敬崇，所以，信徒死后，不行土葬，因为他们认为尸体会污染土地；不行火葬，因为他们认为这会污染空气。他们举行天葬，单单亚兹德一地，便设了二十余家天葬场。然而，七十年前，伊朗当局鉴于天葬在卫生方面带来了许多问题，全面禁止，所以，信徒只好改用土葬，为了避免污染土地，死者家属先以多层厚布将尸体裹好，才把尸体放入四周团团封以石灰的墓穴里。

　　天葬在此既然被禁止了，天葬场当然也就废弃不用了，许多医科的学生都涌入天葬场，寻找死者的骨骼以作为医学研究之用。几年前，有关当局终于出面禁止，以沙土将残存的骨骼全都深埋于地下。

天葬场一向都是极为隐秘而禁止外人进出的，可是，现在，伊朗政府并未明文规定游客不得进入，我和詹因此而雇了一辆车子，嘱车夫带我们去看看。

车夫英语流畅，一路上如数家珍地告诉我们有关拜火教的殡葬仪式。

根据习俗，人死后，家属应一天五次将狗引到尸体之前，引狗护尸。之后，便将火移入房中，这火，必须在死者举行天葬三天之后，才能将之熄灭。

在伊朗，举行天葬的地方，称为"沉寂塔"（Tower of Silence），尸体必须在旭阳初升时送到沉寂塔。沉寂塔通常建在高山上，家属在山下的平房举行了各种宗教仪式后，道士便将尸体带入塔内，让之裸陈，一两小时后，秃鹫啄尽其肉，骸骨经日晒干枯之后，就投入沉寂塔一个深达数米的深坑内。

司机言之凿凿地转述当地传说：

"拜火教的信徒相信，秃鹫啄食尸体时，如果先啄左眼，那人就会下地狱；如果先啄的是右眼呢，那人便会上天堂。"

司机带我去的那个地方，唤作"Safaeieh"，建有两个沉寂塔，分别坐落于相邻的两个山头上。

这儿人烟寂寥，山景苍茫。我们站在山脚下向上仰望，司机指着高山上两座圆形的泥砌建筑物，说：

"瞧，那就是沉寂塔了！"

攀上山头去看沉寂塔，可一点儿也不轻松。烈日当空，山极高、极陡，一步一停顿，气喘如牛，汗如雨下。

司机看到我的狼狈相，忍不住笑道：

"这两座山，是亚兹德市内最易攀爬的，其他的沉寂塔，多建

在可望而不可即的高山上，连我们都不晓得伊朗人究竟如何克服万难而把沉寂塔建成的；还有，举行天葬时，道士们如何把尸体运上去，也是一个难以破解的谜！"

沉寂塔有一道小小的门敞开着，我佝偻着身体，低头弯腰地进入塔内。

司机善意地提醒我们：

"小心，有许多残余的骨头散在四周，千万不要踏到！"

沉寂塔墙高 6 米，直径约为 50 米，中有深圆巨坑。

司机告诉我们，举行天葬时，男性死者躺在外圈、女性死者躺中间、夭折的孩童则躺于内圈。人生一世，草木一秋。富也好，贫也罢；智也好，愚也罢；美也好，丑也罢；一来到沉寂塔，便人人平等，秃鹫也一视同仁，在极短的时间内，消化一切，让尘归尘、土归土。

不知道是不是心理作祟，总觉得沉寂塔内有股腐味静静地氤氲着，万里无云的晴空不时传来鸟叫的声音，气氛十分诡谲，只想速速逃走。

下山时，明朝诗人王世贞的两句诗，突然涌入了脑海里：

"百年那得更百年，今日还须爱今日。"

是的，是的，生年不满百，他生未卜，此生须尽情活出一个圆满而快乐的自己。

原载于台湾《小说族》月刊

2002 年第 171 期

柬埔寨风情

是在金边那特具情调的"外国通讯员俱乐部"邂逅这位来自加拿大的女子珍妮的。她刚到柬埔寨东部的桔井（Kratie）看海豚，眉飞色舞地描绘海豚在海面飞跃的奇景，力劝我到桔井一游。

千里迢迢地到柬埔寨来看海豚？我不。

告诉她，我的下一站是磅湛市（Kampong Cham），她十分惊讶，反问我：

"那个城市，贫穷落后而又肮里肮脏的，你要去看什么？"

好问题！我要看的，正是在"贫穷、落后、肮脏"背后的生活图景，一种独独属于柬埔寨的生活氛围；而这，也是我热爱旅行的主要原因。每一趟出门，就像是去赴地球的某个约会，地球有着千家万户，穷这一生，就算每年出门数回，也无法逛尽看尽玩尽呵！

初抵时看到的磅湛市，果然贫穷、落后、邋遢。菜市里，贪得无厌的苍蝇，绕着贫血瘦瘪的猪肉"嗡嗡嗡"地打转；满脸污秽的孩子，追着为数不多的游客，纠缠不清地讨钱；有气没力的夕阳，好似想要逃避那无处可躲的溽热，速速地、草草地下山去了。

然而，睡了一个好觉，第二天，神清气爽地出门时，却看到了一个处处跳跃着活泼生命力的磅湛市，一个令人难忘的、趣味盎然的磅湛市。

到市集去，摊主优哉游哉地坐在地上。没有生意，两三个女摊主聚集在一块儿，津津有味地吃那恐怖万状而又滋补万分的鸭子胎——敲开鸭蛋尖端的壳，蛋里，悲凉地躺着一个已成雏形的嫩鸭胎，摊主心狠手辣地在蛋内猛撒胡椒粉，再倒入酱青、塞进薄荷叶，"部署"妥当后，便以小匙一匙一匙地舀来吃。生与死的强烈对照让人对"弱肉强食"的定律有更深一层的体会；而这也给这一幅"吃的图景"添增了许多令人咀嚼的余味。

街上乞钱的孩童，绝不可厌，只要给一两粒糖果，便可换取一个连灵魂也好似在跳舞的灿烂笑容。于是，小小一袋糖果，便化身为一只巨型的蜘蛛，在大街小巷里结出了一张又一张快乐的笑网。

傍晚，到湄公河畔去看日落，感受到我远道来看它的诚意，它不敢偷工减料，在那无懈可击的圆满里，注入举世无双的瑰丽颜彩，然后，极有韵致地徐徐降落；还意犹未尽地留下满天华彩，将原已妩媚的湄公河映照出一种童话般的璀璨。

啊，磅湛市，风情独具！

原载于台湾《青年日报》

2002 年 7 月 7 日

惊艳那荷

从柬埔寨首都金边乘搭长途公共汽车到风光优美的磅湛市去，半途歇息于一小镇。车子一停下，许多村童村妇便一拥而上，手上满满地捧着翠绿如玉的莲蓬。

啊，莲蓬！暌违已久的莲蓬！

欢喜，像大片浪花，从心底深处翻涌而出。

付了一千里尔（约合新币五角），换来六个硕大鲜嫩的莲蓬。捧着满怀闪烁的绿，童年在怡保三宝洞一颗颗地吃着脆生生莲子的美丽记忆，似决堤洪水，"哗啦哗啦"地流到眼前来。外表洁白无瑕的莲子，藏着阴险苦涩的莲心，小时吃莲子，不慎咬到莲心，总抢天呼地，成长以后才知道，真正可怕的，其实是貌似莲子而胸藏"莲心"的人。

这儿既然莲蓬处处，附近当有荷塘无数吧？

果然，一路北上，全都是荷塘、荷塘、荷塘，数目多得让人目不暇给。这些荷塘，全都是人工挖掘而成的，荷塘后面，是一幢幢简陋不堪的茅屋。很显然，柬埔寨人养荷的目的不在于培育自然的景观，纯粹只是为了经济的目的；换言之，荷花只是可有可无的点缀，莲蓬才是"万众瞩目"的主角。

由于荷花生长的速度快慢不一，因此，每个荷塘，景观不同，风情各异。有些荷塘，叶

——
每一个莲蓬
都藏着村妇
美好的愿望
——她仿佛能从
翠绿的莲蓬里嗅到
白米饭的香味。

——

枯花凋，莲蓬采尽，呈现着萎靡不振的颓败气象。然而，大部分的荷塘，仍然有荷，数目不多。荷塘恹恹地老去，然而，荷花不肯老、不愿老，它们恬静地、专注地、坚韧地开放着，全然没有孤芳自赏的狂傲，仅仅、仅仅以一种自信的丰采、以一种婉约的绚丽，不着痕迹地、温柔含蓄地击破夏天的沉闷与单调。

恢意地看。

当车子驶经一个很大很大的荷塘时，我的眸子，蓦然被那猝不及防地闯进来的美狠狠地撞伤了，痛极、极痛——荷叶全已半枯，池水混浊不堪，可是，池水上面，却浮着千千万万个粉红色的笑靥。茎很细，花不胖，一朵一朵俏生生的，丰实而浪漫，欢喜而自在。啊，这荷，这满池的荷，明明知道自己是养荷人眼中全无经济价值的点缀品，可是，它不自怜、不自弃、不自卑，倾尽全力，以最最完美的方式演绎自己的一生。

荷花，懂得"自重"之道，所以，活得出色。

40

——

村童村妇

以兜售莲蓬为生。

——

厨师的哲学

点了三道菜：姜丝鱼片、咸鱼煎蛋、冬菇芥蓝。

在柬埔寨中部这个人口寂寥而又落后得好似一百年都不曾发展的小城磅湛，居然能够在这间唤作"湄公餐馆"（Meikong Restaurant）的菜单上看到如此"纯中式"的菜肴，也欢喜，也迷惑；而等那三道菜一一端上来时，欢喜和迷惑，全都变成了难以置信的惊叹。

宛如霏霏细雨的姜丝，密密地罩在嫩白一如初降雪花的鱼片上，恍若一场牵动人心的艳遇。掺和着咸鱼的蛋沫，煎成一个金黄澄亮的大月亮，毫无机心地仰视众生。结实的冬菇和修长的芥蓝，亲密地依偎着，有长相厮守的温馨。

道道菜肴，色泽鲜丽，卖相绝佳，味道呢，更是一等一的好，每一口都有让人不忍吞咽的惊喜。

这名出色的掌勺人，姓丁，是老板兼厨师，过去，曾向一位香港厨师学艺长达十年。

这晚，客人不多，我们闲聊。

他一丝不苟地说道：

"学烹饪，一板一眼地死记烹饪的步骤，是

一无是用的；最重要的是：学艺者必须下足功夫去钻研烹饪的原理。炒菜，多几滴水或少几滴水，味道完全不同；切肉，必须顺着肌肉的纹理，否则，那肉，一定作怪，不管你下什么料去调弄，都煮不出好味道来。原理一搞通，厨艺肯定差不到哪儿去。不过呢，话说回来，厨师一定要对所有的肉啊菜啊有一份强烈的感情，菜和肉才会乖乖地听话。"

我看着那张菜式不多的菜单，不揣冒昧地问道：

"你天天煮着同样的几道菜，反复练习，千锤百炼，才能煮得这样精彩吧？"

他睃了我一下，不答，起身，到柜子里取出了一本厚厚的菜谱，递给我。

我只翻了几下，便叹为观止，哇，那菜式，多不胜数，单单鸭，便有八宝鸭、香酥鸭、烤鸭、卤鸭、北京鸭、辣熏鸭，等等。

他一脸自豪地说：

"我曾在首都金边一家豪华大餐馆当主厨，菜式千变万化，不管客人点什么，都难不倒我。现在，到这小城开餐室，客人喜欢的菜肴，来来去去都是这几样，我只好把这本菜谱收起来了。"

"空有一身武艺而无用武之地，不是很可惜吗？"我又问。

他轻轻地耸了耸肩，答道："不必听人使唤而事事自己做主的这种自由，比什么都重要。"

说毕，脸上浮起一个淡若浮云的微笑。

这厨师，不但精通厨艺，而且，深谙生活的艺术。

他自己其实就是一朵云。

云不肯守着一成不变的形状，它不受天空的局限，千变万化，自我负责而又活得潇洒自在。

原载于台湾《青年日报》

2002 年 3 月 25 日

走路的云

用脚步丈量世界，品味生命

倾听呼吸的声音
——回首岁月，种一株快乐的树

尤今 著

定价：**32.00**元

本书分为两篇：上篇"回首岁月"主要介绍了尤今对于父母等长辈的哀思、感恩之情；下篇"种一株快乐的树"主要介绍了尤今对于子女教育的一些期望和一点体会。平实处见真情，平凡处见温情。

把苦口的黄连包裹在适口的糖霜里，不但是一种别具一格的教育方法，同时也是一种行之有效的写作方式。

如今，双亲都已撒手尘寰了，可是，当我津津有味地对孩子复述着双亲曾给我说过的那一则则趣味横溢的故事时，我却仿佛听到了双亲深具活力的呼吸声。

在家的园圃里，孩子是苗，苗的生长姿态往往取决于泥土的肥沃与否。双亲留给了我一大袋以"快乐"为名的"肥料"，在我家圃里长成的树，每一片树叶，都闪着快乐的釉彩。

把书名定为《倾听呼吸的声音——回首岁月，种一株快乐的树》，蕴藏了我对双亲终生不泯的感激与怀念。

清风徐来
——在门外挂串风铃，叮叮咚咚

尤今 著

定价：32.00元

本书分为四篇：第一篇"石头很快乐"和第二篇"在门外挂串风铃"主要介绍了一些小故事以及尤今从中得出的生活感悟；第三篇"纸盒里的爱"主要探讨了爱情与婚姻的一点启示；第四篇"人生如文学"则是作者从文学创作的角度谈处世的哲理。

把书名定为《清风徐来——在门外挂串风铃，叮叮咚咚》，是希望能与亲爱的读者们分享我的人生哲学。世界上没有久旱不雨的季节，随遇而安，在无雨的燥热里憧憬清风回旋的清凉，一旦清风徐来，就在门外挂串风铃，享受叮叮咚咚的美妙声响。

把自己放进汤里
——欢喜的豆花，抑郁的茄子

尤今 著

定价：32.00元

这是一本关于美食的散文集，全书通过对各种美食的描写，揭示出浓浓的亲情、乡情以及言简意赅的做人道理。欢喜的豆花、抑郁的茄子……只要你细细咀嚼，就会发现：每道食物，都蕴含着深入浅出的人生哲学。

在这部作品里，我尝试从食物里观看大千世界，我尝试从炊烟中领悟人生道理。

平凡就是幸福，捧着一碗美如白玉的豆花，我便会切实地感觉快乐的浪花从心底翻涌出来。然而，同是豆花，却不是每碗都完美如斯的。

实际上，除了豆花之外，人世间的每一种食品都会说话、都在说话，唯它们说的都是无声的语言，有心人才能听得到。

定价: 35.00元

《美好人生是管理出来的》

一本寻找人生方向及人生定位的实战手册

"管理"不只应用于企业、职场,更可以运用来管理自己的人生。本书告诉你如何活用管理原理,找到自己的人生密码,开创成功的人生。

隆重推荐
台湾"清华大学"原代理校长 李家同
台北大学原校长 侯崇文
台湾统一星巴克总经理 徐光宇
台湾逢甲大学校长 张保隆

定价: 35.00元

《影响力是通往世界的窗户》

影响力是人改变世界的一扇窗户

每个人活在世界上最大的生命意义,就是去影响别人,实现自我价值。

透过这扇影响力之窗,你得以进入屋内,找到自我;更可以走出窗外,自由发挥,发挥你的世界的影响力。

隆重推荐
台湾"清华大学"原代理校长 李家同
美国 STARS 集团总裁、斯坦福大学教授 余序江
台湾统一星巴克总经理 徐光宇
台湾固网副董事长 张孝威
台北大学校长 薛富井

作者简介

陈泽义,"台湾交通大学"管理学博士,美国加州斯坦福研究院(SRI)博士后研究员。历任台湾"中华经济研究院"研究员、铭传大学管理研究所教授、台湾"东华大学"管理学院代理院长、EMBA 执行长。现任台北大学国际企业研究所教授,担任教学与研究职务已有 17 年。